KB074952

은퇴, 축복받은 인생의 새로운 출발점으로

골드 시니어 라이프

골드 시니어 라이프

초판 1쇄 인쇄일 2023년 4월 19일
초판 1쇄 발행일 2023년 4월 26일

지은이 이종덕
펴낸이 양옥매
디자인 송다희 표지혜
교　정 조준경

펴낸곳 도서출판 책과나무
출판등록 제2012-000376
주소 서울특별시 마포구 방울내로 79 이노빌딩 302호
대표전화 02.372.1537　**팩스** 02.372.1538
이메일 booknamu2007@naver.com
홈페이지 www.booknamu.com
ISBN 979-11-6752-311-2 (03800)

은퇴, 축복받은 인생의 새로운 출발점으로

골드 시니어 라이프

내 삶을 누리고 가르칠 책임을 다하는
'골드니어'의 행복 · 소통 · 감사 이야기

책과나무

2016년에 『횡설수설 공통분모(橫設竪設 共通分母)』를 출간한 바 있다. 나의 직장 생활 동안 느꼈던 리더의 소통에 관한 것이다. 초보 작가의 미숙함으로 독자들께 끼쳤을 불편을 생각하니 부끄러울 뿐이다.

애초에 『횡설수설 공통분모』는 국민을 가장 위한다는 정치인들이 한번 정도는 읽어 줬으면 하는 바람이 있었다. 국민을 목적이 아닌 수단으로 활용하는 그들이, 그들만의 잘못된 리그를 그치기를 바랐다. 이념과 진영만을 위한 위대한 말 장난꾼이 아닌, 오로지 국가의 백년대계와 국민만을 위해 어눌하지만 가슴으로 뛰는 진정한 정치인을 기대하기도 했었다.

박근혜 정부의 탄생 후 친박(親朴), 진박(眞朴) 등 계파 갈등에 대한 작은 비판의 목소리로 시작되었던 이 책은, 우연히도 탄핵과 함께 탄생했던 문재인 정권을 거치면서 의도치 않게 정치인들의 '내로남불'을 탓하는 글들이 부각되기도 했다.

비록 아마추어 초보 작가가 횡설수설 기록해 놓은 글이지만 국회의 도서관에 그냥 꽂혀만 있을 것만은 아니었다. 소통서 제2집을 새롭게 정리하고자 한다. 네 탓 공방만 벌이는 정치 모리배들에게 반성을 촉구하면서, 나이 들면서 고집이 늘어만 가는 일부 시니어들을 위해서….

이제 정권은 또다시 보수가 잡았다. 보수든 진보든 국민과 소통하고 소통한 내용은 지켜 가는 것이 정치의 도리라고 생각해 왔다. 내로남불에 실망한 국민들은 문재인 정부의 승계 주자인 이재명과 대결해 새롭게 탄생한 윤석열 정부에 기대를 할 수밖에 없었다. 그러나 6개월 경과 시점의 이 보수 정부도 이전 정권에 비해 나아진 점은 없어 보인다. 문제는 인간 세계 어디서나 생길 수 있다. 하지만 문제를 해결하는 능력은 보여 주지 못하고 있다.

묘하게도 소통을 강조하면서 고집인 듯 보이고, 또 불통인 듯 은근슬쩍 소통의 외형들을 보여 주는 모습은 정말 우리를 혼란스럽게 한다. 많은 국민들의 마음이 비슷할 것이다. 거의 최저치로 떨어진 지지율에서 국가의 위기를 느끼기도 한다. 정치인들의 어제와 오늘이 크게 다르게 느껴지지 않음은 나 혼자만의 생각은 아닌가 보다.

난 이제 그들 정치꾼들에게는 더 이상의 기대를 하지 않는다. 차라리 그냥 힘들면 힘든 대로, 없으면 없는 대로 경쟁하고 또 동시에 협력하며 달려온 우리 시니어 민초들이 더 나을 것 같다는 생각을 해 본다. 일선을 떠난 우리 시니어들이 무엇을 할 수 있겠느냐고 반문할지도 모른다. 하지만 희망을 가지고 살아갈 만한 세상을 만드는 데 반드시 우리 시니어들의 역할이 있으리라 믿고 있다. 제2집을 통하여 시니어들의 사회를 향한 역할에 도움을 드리고자 한다.

『횡설수설 공통분모』가 발간된 시기가 내가 직장을 은퇴한 첫해의 일이었으니, 어언 6년이 지났다. 은퇴를 앞둔 시기에 가졌던 내 생활에 대한 막연한 우려는 말끔히 사라지고 활기차고 행복한 시간이 이어졌다.

지난 6년의 소회와 경험을 은퇴를 목전에 두신 분들과 공유하고자 한다. 소통서(疏通書) 1집에서의 미숙함을 보완하고 소통서 2집의 역할을 보다 충실히 하기 위해, 읽기 쉽고 전파하기 좋은 모양으로 변화를 주었다. 새로운 콘텐츠와 간결한 메시지로 정리해 보고자 한다.

지난 6년간 내가 겪었던 가장 큰 고충은 눈의 피로가 심각하다는 것이다. 단 십여 분의 집중으로도 눈앞이 캄캄해지니 점차 글과 책을 멀리할 수밖에 없다. '단절성 문맹화'가 생기는 이유이기도 했다. 때문에 제2집은 눈의 피로도를 줄이고 가독성(可讀性)을 보완하는 노력을 많이 하였음을 알려 드린다. 조금씩 힘을 잃어 가는 시니어들의 기억력을 다시금 끌어올리는 데 도움이 되었으면 좋겠다.

시니어들에게 간곡히 말씀드립니다. 정치가 희망이 없다고, 우리의 삶을 누릴 권리 타령만 하며 허송해서는 안 됩니다. 앞 세대 선배들에게서 배움의 혜택을 받았듯이, 우리들 시니어도 뒤 세대에 필요한 것을 가르칠 책임이 있습니다. 이어지는 저의 글이 우리가 누릴 권리를 찾는 일 외에도, 열정적으로 뒤 세대를 가르칠 필요가 있는 그 무엇의 소재가 되기를 바라는 마음입니다.

2023년 4월 따뜻한 햇빛을 받으며
― 울콩居石

차 례

제2부 **골드니어의 가르칠 책임**

– 후세대에 가르침을 주는 골드니어

제1장 **골드니어의 가르칠 책임**

제3장   감사하는 삶: 섬김, 배려, 축복, 칭찬

제 1 부 _____

시니어의 누릴 권리

은퇴는

축복받은

새로운 인생

내 인생의
서동요 리스트

어떤 이야기부터 시작할까 고민하다가 독자분들과 첫 대면을 자연스럽게 시작하려, 저의 서동요 리스트부터 공개합니다. 한마디로 저를 발가벗겨 라포르(rapport) 형성을 쉽게 하기 위한 전략입니다.

장롱 속 운전면허가 생활에 아무 도움이 되지 않듯이 나 혼자만 아는 어떤 계획은 성공 확률이 낮습니다. 신준모 님은 『어떤 하루』라는 글에서 자신을 실행의 천재라고 말하며, 그 수단으로 서동요 작전을 이야기했습니다.

우리가 아는 〈서동요〉의 주인공인 백제의 무왕처럼, 남들 앞에 과감히 자신의 계획을 공개함으로써 꿈의 달성율을 높이자는 것입니다. "선화 공주님은 ~ 서동방을~" 노래를 세상에 퍼트림으로써 결국은 그 목표를 달성했음을 우리는 잘 압니다.

누릴 권리(하고 싶고, 되고 싶은 장래 계획)의 완성도를 제고할 수 있는 매우 효과적인 방법이라 생각하여 세계 공통어인 버킷 리스트 대신에, 저 혼자만의 '서동요 리스트'를 만들어 보았습니다.

서동요 리스트

많은 이들이 버킷 리스트를 이야기할 때, 나는 그건 유명인들만이 하는 것인 줄 알았다. 그리고 우주여행과 같은 거창한 것이어야만 되는 줄로 알았다. 그런데 꼭 그런 것은 아니었다.

내가 정말 하고 싶었는데 아직도 달성하지 못한 것이 있다면, 어떤 형태로든 그 계획을 미리 만천하에 공지해 보자. 마치 〈서동요〉를 퍼트려 나중에 선화 공주를 차지하고 백제의 무왕이 된 것처럼…. 내 계획을 아는 사람이 많을수록 나는 그 계획을 달성하기 위해 더 노력할 것이기 때문이다.

이것을 신준모 님은 '서동요 작전'이라 하였는데, 그 작전이 필요한 계획들을 모아, 나만의 '서동요 리스트'를 만들어 보았다. 그럴싸한 '서동요 리스트'를 지인들에게 미리 공지하고 계획대로 달성해 나간다면, 어느 정도 유명인 축에 낄 수 있지 않을까라는 허무맹랑한 생각으로까지 발전하게 된다. 처음엔 힘들 것 같지만, 일단 무엇을 해 보자는 생각을 하고 나면, 그것을 이루기 위한 욕구가 왕성해져서 노력이 진행됨을 스스로 느끼게 되었다.

이런 생각을 한 시기가 바로 은퇴를 한 직후였다. 은퇴에 직면할 당시에는 아쉽고 때론 섭섭한 마음이 생길 수도 있으나, 지금 생각해 보면 은퇴는 직장이라는 무거운 틀에서 나를 해방시켜 준 것임에 분명했다. 은퇴는 생각을 정리하고 정리된 생각을 구체화해 나갈 수 있는 생의 축복으로 가는 징검다리였다.

솔직하게 말해서 우리 세대들이 직장에 몸담고 있던 시절에는, 개인적인 삶에 대한 설계를 생각할 여유가 없이 지나온 듯하다. 이제 우리 삶을 내 마음대로 설계하고, 그것을 이루기 위해 매진할 수 있는 시기가 된 것이다. 시니어의 누릴 권리를 행사하는 시기이다.

다음 장은 내가 실제로 구상한 서동요 리스트이다. 어쩌면 너무도 이루기 쉬운 항목들이다. 하지만 시간이 흐르고 경제적인 여유가 생기면 자연스럽게 이룰 수 있는 것과는 거리가 멀다. 누군가는 이게 무슨 버킷 리스트냐고 할지 모른다. 그러기에 나는 분명히 서동요 리스트라고 이야기한다.

하고자 하는 계획을 '서동요 작전'처럼 세상에 공개함으로써, 그것을 이루기 위해 더 많은 노력을 하도록 스스로에게 채찍질을 하려는 것이다.

나의 서동요 리스트 〜

제1호: 직계가족 여남은 명을 채워 매년 한자리에 모이기
   – 어린 시절부터 꾼 꿈이지만 자녀들 협조가 필수
   – 자녀들 결혼 고려 시 2020년 이후부터 가능

제2호: 내 인생의 흔적을 책으로 발간하기(2020년 이전)
   – 2015년에 은퇴가 임박함을 느낄 무렵, 은퇴 후 생활
      에 대한 막연한 두려움을 떨치고 쓸모 있는 시니어
      되기 계획의 일환

제3호: 음치로 생을 마감하지 말고, 한 가지 악기를 익혀 청중
      앞에서 연주하며 노래하기(2025년 이전)
   – 2016년 은퇴 후 계획 잡음

제4호: 제2차 저서의 북 콘서트 개최(70세 도달 전)
   – 제1 저서 발간 후 제2차 계획 수립
   – 50명 ~100명 모시기

제5호: 우리 땅 여행하며, 우리 역사 공부하기
   – 부부가 함께 3박4일/회, 년12회 이상[2016년 은퇴

후 - 여행용 SUV 차량 구입 계획]

제6호: 아내 바보로 살아가기(2016년~)

　　(하루의 3분의 1을 아내와 함께하며, 대화하기)

　　- 늘 대화: 하루 1시간 이상 드라이브하며 대화

　　- 일 외식: 한 끼의 외식과 카페에서 여유 찾기

　　- 2016년 은퇴 후 나의 직장 생활 동안 가사와 육아를

　　　도맡아 온 아내의 노고에 대한 보상 차원

　　- 하루 1회 이상 주방 면제 및 역할 바꾸기 포함

제7호: 한 주에 한 번 이상 다른 가족 식사 섬기기

　　- 2020년 이후 매년 40가족 목표

　　- 섬김에 진심인 성도가 되기 위해

서동요 리스트 제1호
- 직계가족 여남은 명 모이기(현재 진행형)

나는 유달리 내 가족에 대한 애착이 강했다. 사실 2남2녀 중 셋째로 태어났다면 다복한 가정인 셈인데, 특별히 왜일까 어린 시절을 회상해 보면 알 듯 모를 듯한 이유가 나온다. 당시 교사였던 선친은 전근이 잦으셨고, 그래서 어릴 적부터 형과 누나는 안정된 교육 환경을 위하여 도시로 가서 떨어져 살았기에 그리워하며 살았던 기억이 있다.

이웃집 다른 가족들은 할머니 할아버지부터 갓난아이까지 십여 명의 대식구가 한집에 기거하던 시절이라 난 그런 집이 참 많이도 부러웠다. 내가 장성하면 십여 명이 넘는 직계가족을 구성하고 싶었고, 그 가족들이 한날 한자리에 수시로 모여서 웃고 떠드는 모습을 꿈꾸곤 했었다.

그래서 탄생한 것이 '내 인생 서동요 리스트 제1호'다. 직계가족은 여남은 명이 되어야 하고, 한 명도 빠짐없이 1년에 한두 번은 다 같이 모여서 웃고 떠드는 행복한 시간을 갖는 것이다.

나의 딸과 아들이 요즘 젊은이들 추세보다 일찍 결혼해 준 덕분에 금방 사위와 며느리 두 식구가 늘었다. 고맙게도 현재 외손자가 둘에 친손자가 하나 생겼다. 어머니로부터 시작해서 나의 직계가족의 합이 드디어 열 명에 이르렀다. 애초부터 열 명은 넘겨야 했는데, 마침 꼭 열 명이니 '제1호 서동요 리스트'를 충족할 가족의 숫자는 아직도 진행형이다.

숫자는 비슷하게 채웠지만, 서울 진주 광양 세 곳에 흩어져서 각기 직장 생활을 하고 학교를 다니는 자녀·손(子女·孫)들이 한날한시에 모이는 것도 쉬운 일이 아니었다.

꼭 한두 명이 빠져서 증거 사진을 못 남겼는데 올 추석(2022년 8월)에는 드디어 그 사진을 완성했다.

사진은 추석에 모인 김에 어머니로부터 막내 손자까지 3대가 경남 진주에 있는 반성수목원을 방문하여 즐거운 시간을 보내는 중에 찍은 것이다. 어머님의 허리와 다리가 많이 불편하셔서 휠체어로 모셨다. 내 꿈이 이뤄지는 순간이었다. 내 인생 최고의 날이었다.

하지만 사진 속 인물은 열 명뿐이다. 한 명이 더 필요한 시점인데, 손자 하나만 둔 이후로 더 이상 소식을 주지 않는 아들 녀석

의 분발을 기대하며, '서동요 리스트 제1호'가 최종 완성되는 날
을 기다려 본다. 물론 어머님의 건강도 지속되어야 하고, 내 아
들의 의지 문제가 달성의 변수로 작용하긴 하지만, 나는 꼭 달성
될 것으로 믿는다.

서동요 리스트 2호
- 인생 흔적 정리하기: 책자 발간

　남들이 하는 게 부러우면 그것을 서동요 리스트로 정하고 매진하면 될 것이다. 2016년 초 직장을 은퇴한 후에 무기력증에 빠지지 않으려는 마음과, 은퇴자들이 흔히 겪는다는 부부간의 사소한 갈등을 예방하고픈 마음이 간절했다.

　무언가에 집중하면 그런 우려가 없어질 것 같아서 '내 인생 서동요 리스트 제2호'를 준비했다. 직장 생활 32년 동안, 대부분 사람 관리와 의전 행사 업무 등을 맡아 왔다. 업무 특성상 꽤나 많은 강의와 소통 활동을 했었는데, 그 덕분에 상당량의 메모와 메시지들이 남아 있었다. 이에 '노하우를 책으로 남기자. 소통 활동의 경험과 강의록을 묶어 내 인생의 흔적을 정리하자.'는 생각을 하게 된다.

　나는 다섯 개의 회사를 다닌 특별한 이력이 있는데, 그 이력이 사람들과의 소통 능력과 인생의 행복을 설파하는 데 큰 도움을 준 것 같다.

내 생애 첫 직장은 제약회사였는데, 근무 기간이 워낙 짧아 남는 기억이 별로 없다. 포스코에 입사하여 본격적인 직장 생활을 하게 되면서 열정을 쏟고, 소위 인생을 걸었었다.

포스코 부장을 거쳐서 계열사 임원으로 자리를 옮기면서 포스웰, 롤앤롤, 포스코케미칼에서 근무했었다. 포스코 근무 시기는 회사의 시스템에 내가 적응하는 형태의 소통이었고, 그 이후 세 개의 회사는 내가 주도하는 방식의 소통 활동이 이어졌다고 본다.

이 세 회사 재직 기간 중 업무 수첩과 강의록을 바탕으로 6개월여의 노력 끝에 드디어 작은 결실을 만들었다.

뭔가를 해야겠다고 마음 먹으면 즉각 행동에 옮기는 버릇이 발동된 것이다. 덕분에 '서동요 리스트 2호 – 인생 흔적 정리하기 제1탄'은 탄생과 동시에 그해가 가기 전에 달성되었다.

『횡설수설 공통분모』로 명명된 내 생애 최초의 저서가 만들어졌다. 현장을 책임진 리더에게 전하는 소통 이야기다.

1부는 진솔하게 서술한 리더에 대한 생각을,

2부는 바람직한 리더들이 대화하고 소통해야 할 공통분모를,

3부는 필자의 가정 사례까지 공개하며 감사한 만큼 얻어지는 행복에 대한 이야기를 수록하였다.

은혜의 섬진강교회에서 서동요 리스트 제3호
- 이종덕의 토크 & 기타 콘서트를 개최하다

내가 다니는 섬진강교회는 진월면 망덕리 해안가 마을에 위치하고 있다. 이곳 망덕 포구는 광양제철소가 들어서기 이전에는 하동과 광양을 이어 주는 교통 요충지로서, 양 지역의 경제 교류의 장으로도 꽤나 유명했던 지역이다.

이제는 지역 경제의 중심추가 이곳 해안에서 육지의 신 도심으로 옮겨 가긴 했지만, 여전히 시원한 재첩국과 맛 좋은 회를 제공해 주던 횟집들은 자리를 지키고 있다. 또한 최근에는 작고 예쁘장한 연육교, 그리고 신세대의 취향까지 고려한 카페들이 늘어나 옛 정취를 찾는 분들을 반갑게 맞아 준다.

이 거리를 지나면 한가로운 농촌 마을이 벌판 위로 모습을 드러낸다. 눈을 들면, 험하지 않는 산의 느릿한 발걸음이 평화로운 마을 전경을 만들어 주고, 크진 않지만 우뚝 솟은 십자가에 마음이 끌리면 자연스레 섬진강교회를 만나게 된다.

오월이면 향긋한 꽃 내음이 번져 나올 듯하고, 벌판에 눈이 덮이면 은은한 종소리가 울려 나올 듯한 아름다운 교회이다. 마치 하나님의 사랑과 은혜가 온 세상을 내려 감싸듯이, 눈에 보이진 않으나 그런 믿음으로 사는 이치를 보여 주듯이, 이 섬진강교회가 바닷가 망덕 마을을 지켜 주는 느낌이다. 많진 않지만 고향 사랑이 남다른 어르신들과 신앙심이 뛰어난 교인들이 지켜 가는 전통의 마을이 된 듯하다.

6년간의 타 지역 근무가 끝난 후, 은퇴와 함께 다시 찾은 우리 섬진강교회를 보며 문득 이문세 님의 〈광화문 연가〉가 떠올랐다. "덕수궁 돌담 길엔 아직 남아 있어요. 눈 덮인 조그만 교회당 …." 악보를 찾아보고, 그 악보 위에 떠오르는 나의 감정을 입혀 보았다.

이젠 모두 세월 속에 새로운 모습 변하였지만, 망덕길 바닷가엔 우뚝 솟아 있어요, 은혜의 섬진강 교회당.
언젠가는 우리 모두 세월을 따라 떠나가지만 섬진강 망덕길엔 항상 남아 있어요, 사랑의 섬진강 교회당.
향긋한 오월의 꽃 향기가 가슴 깊이 그리워지면 눈 내린 섬진강 교회당 이곳에 이렇게 다시 찾아와요. 우리의 마음 속엔 항상 남아 있어요, 은혜의 섬진강 교회당. 사랑의 섬진강 교회당.

이 곡에 섬진강교회를 추억하며, 어디에 가 있든 우리 교회를

느낄 수 있는 그리움을 담아 보고자 했다. 그리고 내가 한번 불러 보자. 내가 직접 기타를 치면서…. 이종덕의 '서동요 리스트 3호' 탄생 배경이다.

환갑이 넘은 나이에 기타 학원에 등록했다. 왈츠, 고고 주법, 슬로우 고고, 슬로우 록, 컨트리&웨스턴 주법 등을 하나씩 알아 갈 즈음에, 세계를 휩쓴 코로나 팬데믹으로 학원을 갈 수 없었다. 대신 집 안에서 내가 아는 노래 십여 곡을 골라 하루에 이십여 회를 반복하여 연습하기 시작했다. 손가락, 허리, 팔, 다리 어디 한 곳 아프지 않은 곳이 없었다.

그러기를 3년여 시간이 흘렀다. 그러나 실력은 늘지 않는다.

음치·박치의 모습은 절대 변하지 않았다. 대신 용기가 늘어 갔다. 꼭 완주하겠다는 오기도 생겼다. 언젠가는 꼭 다른 분들 앞에서 나만의 무대를 가질 것이라는 각오는 더욱 단단해졌다.

2022년에 우연찮게 그 기회가 찾아왔다. 우리 섬진강교회에 교인들과 주민들의 쉼터로 활용하고자 작은 카페가 생겼다. 그런데 일요일이나 수요일 예배 전후로는 찾는 분들이 꽤 많았지만, 평일에는 이용도가 떨어졌었다.

나는 아내와 둘이서 평일에 가끔 카페를 찾다가, 문득 아이디어가 떠올랐다. 많은 분들이 이 카페를 이용하게 할 수는 없을까라는 단순한 생각으로, 큰 고민 없이 이 카페에서 작은 이벤트를 실시하여 보자는 생각을 하게 된다.

나의 '서동요 리스트 3호'가 카페의 오픈과 함께 진척되기 시작한 것이다. 교회 구성원들이 대부분 7080에 익숙한 연령층이고, 섬진강교회에 대한 애틋함과 자부심이 대단한 분들이시니, 7080과 적절한 대화를 섞어 이분들과 소통하는 시간을 가져 보고자 했다. 개사한 〈섬진강 연가〉도 불러 보고….

일단 재미없는 이벤트는 안 하는 게 낫다는 것이 첫 번째 조건이고, 교인 간의 소통이란 필요한 메시지가 전달되어야 한다는 것이 두 번째 조건이었다. 혹시 교회 밖에서 참석하시는 분이 있으면 그분들께 전도의 기회가 되면 더 좋겠다는 생각도 한몫을 차지했다. 그리고 7080을 선호하는 60~70대 시니어들이 누구나 하고 싶은 마음만 있으면 용기 내어 도전해 보는 모습을 보이는 것도 행사의 콘셉트에 포함했다.

젊은 시절 다른 사람(특히, 여성) 앞에서는 긴장하여 재봉틀처럼 덜덜 떨다가 말도 제대로 못하던 나의 옛 모습을 생각하며, 작은 제목 하나를 뽑았다. 이름하여, 〈재봉틀이 토크 쇼를!〉. 그리고 손뼉 세 번만 치면 박자가 틀려지는 나의 천부적인 음치감과 박치감을 생각하며 〈음치·박치가 기타 콘서트를!〉도 제목에 넣었다.

때마침 10월의 마지막 날에 맞춰지니 10월의 어느 멋진 날과, 10월의 마지막 밤을 추억할 이벤트로 콘셉트가 추가되었다. 〈기타 선율이 있는 재봉틀 토크쇼, 음치·박치의 기타 콘서트〉.

토크쇼는 나중에 섬진강교회 사모님이 팸플릿 디자인과정에서 〈기타 선율이 있는 가을 교양강좌〉로까지 격을 높여 주셨다. 결과적으로 등장한 제목과 콘셉트들이 어느 정도 충족된 것 같아 너무도 흡족했다. 그리고 준비하는 과정 중에(행사일 이틀 전에) 발생한 이태원 대참사로 상당한 고민을 하다가 국가 애도 기간이 끝난 후에 실내 행사로 가닥을 잡아 프로그램을 수정했다.

나의 서동요 리스트인 '토크쇼를 겸하여 기타 치고 노래하기'는 많은 분들의 도움 없이는 불가능했다. 음악을 하려면 반드시 음향 시설뿐 아니라 음악적 재능을 갖춘 인재들이 필요했는데, 우리 교회는 비록 작긴 하지만 그런 조건을 갖춘 인재들이 많아 큰 도움을 받았다.

먼저 목사님과 사모님의 전폭적인 지원과 행사 홍보 활동에 큰 힘을 얻었고, 나의 미숙한 기타 반주 실력은 훌륭한 음악성을 갖춘 후원자 부부께서 채워 주셨다.

웅장함과 감미로움이 동시에 펼쳐진 색소폰 연주는 전문 음악인 반열에 오른 듯한 부부가 나서 주셨고, 우리 교회 내에서 흥의 화신으로 불리는 권사님의 열창과 춤으로 행사장엔 열기가 넘쳐났다. 많은 분들이 시간이 너무 순식간에 지나갔다고 아쉬워할 정도로….

행사의 마지막은 음악을 전문하신 분의 무대로, 격조 높은 성악을 만끽할 수 있었다. 그분의 피날레 곡으로 "10월의 어느 멋진 날에", "잊혀진 계절"과 함께 10월의 마지막 밤은 그렇게 익어 갔다. 참석해 주신 많은 교인들과 주민들의 전폭적인 호응이

행사 성공에 가장 큰 역할을 해 준 것이다. 도움 주신 모든 분들
께 다시 한번 감사드린다. 언젠가 다시 맞닥뜨릴 그날의 감동을
기약하고자 한다.

개인적으로 고마운 것은, 내가 카
톡에 올린 프로필 사진을 보고, 멀
리 캐나다에서 꽃다발을 보내 축하
해 준 친구 오동현 군의 우정이다.
그 우정으로 행사장은 더욱 빛났
다. 내가 굳이 카톡 프로필에 행사
팸플릿 사진을 올린 사유는 서동요

작전을 펼치기 위함이었다.

내심 나 스스로를 채찍질하려고, 카톡에 올려 나의 계획을 공약처럼 미리 천명했다. 혹시 서동요 리스트가 흐지부지 사라져 버리지 않게, 나를 아는 다른 사람들이 잘 감독해 주시라고 공지한 것이었다. 그 때문인지 성공시키기 위해 최선을 다해 노력했고 결과는 나쁘지 않은 듯 이런 후일담을 적고 있다.

이 행사를 통하여 개인적으로 많은 은혜를 입었다. 행사를 준비하는 과정에 도와주신 교인들과의 자연스런 소통이 이뤄졌고, 목사님 내외분은 마치 설교를 준비하는 듯한 마음으로 디테일하게 도와주셨다.

그리고 친손자가 탄생한 후 처음으로 아들 내외와 손자가 우리 교회를 방문한 날이기도 하였다. 반갑게 교인들과 인사도 하고, 기특하게도 아들 내외가 준비한 기념품도 참석자들과 나누니 너무도 행복한 순간이었다.

만날 때마다 낯섦을 느꼈던

지, 나를 피하던 손자 녀석이 이날에는 행사가 끝나는 순간에 나에게 달려와 품에 쏙 안겨 왔다. 그날 나는 세상을 다 얻은 듯한 행복감에 빠졌다.

　외손자들은 이전에도 나를 무척 잘 따랐었는데, 이 녀석은 지금까지 할아버지와의 밀당을 잘도 했었나 보다. 모든 것이 하나님의 은혜였다.

제 2 장

행복했느냐고
물으면

시작부터 필자 개인의 이야기였는데, 이제 우리 시니어의 공통된 일상으로 옮겨 보고자 합니다.

살아오며 행복했느냐고 물으면, 우리 또래 대부분은 애들 키우고 살림 아끼느라 힘들었던 시절이 기억난다고들 말합니다. 한마디로, 행복! 그런 것 느껴 볼 겨를이 없이 보낸 것입니다.

그런데, 바쁘게 살아왔던 그 시절엔 우리가 행복한 순간이 없었을까요? 故 김광석 님의 〈어느 60대 부부 이야기〉 가사 중에 막내아들 대학 입시와 큰 딸아이 시집가던 날 흘리던 눈물 방울 이야기가 나옵니다. 이렇게 눈물로 승화된 듯 지난 삶은 오히려 진한 그리움으로 다가옵니다.

우리 시니어들에게는 어느 정도 익숙한 삶이었기에, 그 눈물의 결실에 달하기까지 쏟아붓던 열정과 사랑은 당연히 행복한 삶의 일부라고 봐야 할 것입니다.

젊은 시절 근검 절약과 인내를 덕목으로 살아온 우리 시니어들이 삶의 과정을 감상적인 회상의 소재로만 삼지 않기를 바랍니다. 성공적인 삶의 과정을 통해, 지금의 평온함과 소소한 여유라도 누릴 수 있음을 행복으로 받아들이기를 권하고 싶습니다.

목소리 큰 이들의 불행론에 같이 편승할 것이 아니라, 받은 은혜를 감사히 여기는 행복전도사의 역할을 맡아야 골든 시니어이지 않을까요?

행복,
받아들이고 느낄 줄 아는 능력의 문제

　지금이 봄인지 여름인지 혼란스러울 정도로 계절의 변화는 점점 더 빨라 짐을 느낀다. 매화, 산수유의 화려했던 꽃잎을 내년이라는 기약의 자리로 날려보낸 바람이, 오늘은 벚나무의 꽃잎마저 마치 눈가루처럼 흐트러뜨리고 있다.

　이제는 꽃잎을 밀어내고 새로 솟아난 푸른 나뭇잎과, 들을 뒤덮은 싱그런 풀잎들의 시간이다. 특히, 클로버의 진한 초록 잎들이 생기에 넘쳐 우리를 유혹한다. 넓게 펼쳐진 진한 초록은 싱그러움 그 자체이다. 초록의 클로버 이파리 위에 올려진 하얀 꽃잎은, 어린시절 여자친구에게 꽃잎 시계 선물의 추억을 떠올린다.

　이처럼 클로버는 그 진한 풀 내음과 싱그러운 짙은 초록 자체만으로도 우리의 코와 눈을 호강 시킨다. 이 보다 더 행복한 그림이 있을까? 세 잎이든 네 잎이든, 클로버 자체를 만나는 것만도 행복한데, 굳이 여기에 더해서, 꼭 네 잎 클로버를 찾아다녀야만 할까? 그래서 세 잎 클로버의 꽃말은 [행복(幸福)]이고, 네 잎 클로버의 꽃말은 [행운(幸運)]이란다. 초록[행복(幸福)]이면 충분하지 않을까?

혹시, 당신은 아직도 뭔가가 부족한 듯, 누군가가 보내 줄 듯한 엄청난 행운을 기다리며 살고 있지는 않은가? 지금 이 순간을 흡족해할 수는 없을까?

행복해지려면 먼저, 받아들이고 느낄 줄 아는 능력을 키워야한다고 한다. 그리고 웃는 모습을 연습해야 한다. 내가 웃어야 나와 주변이 같이 행복해진다. 거울은 절대 먼저 웃지 않는다고한다. 내가 먼저 웃어야 거울도 따라 웃는 것임을 잊지 말자.

다음은 장석주 님의 『마흔의 서재』에서 따온 글이다. 같이 공감할 수 있음을 확신하며 올려 본다.

불행한 사람의 특징은 그냥 불행한 것이 아니라 몹시 불행하다는 것이다. 그들은 심장이 두근대는 행복한 순간을 꽉 틀어쥐고 제 것으로 붙잡지 못하고 흘려보낸다.
행복은 팡파르를 울리며 거창하게 오는 줄만 안다. 아니다. 행복은 살그머니 왔다가 살그머니 사라진다.
행복한 순간들을 놓치는 사람들이 정작 걱정거리들은 어디로 도망갈까 두려운 듯 꽉 움켜쥔다.
요컨대 행복은 조건의 문제가 아니라 받아들이고 느낄 줄 아는 능력의 문제이다.

그렇다. 행복은 웃을 줄 아는 능력이고, 받아들이고 느낄 줄
아는 능력이다. 행복은 현재에 만족할 줄 알고 인정할 줄 아는
능력의 문제이다. 그러하기에 행복은 불행을 떨쳐 버릴 줄 아는
능력이다.

행복(幸福)은 만족(滿足)의 문제이다

누구든지 '하나 더', '조금 더'에 집착할수록 행복은 멀어진다. 앞 장의 이야기를 아래 그림들을 보면서 생각해 보자.

싱그런 물방울을 달고 있는 초록의 클로버 자체가 행복(幸福) 이다. 싱그러운 풀 냄새로 자연을 느끼게 하고, 짙은 초록으로 눈을 정화시켜 피로를 줄여 주는 클로버 군집을 만나면 그것 자체가 행복이리라.

우연히, 정말 운 좋게도 네 잎 클로버를 발견하게 된다면 그건 지금의 '행복한 삶'을 즐기는 자에게 보너스로 주어진 행운(幸運) 이리라.

행복 누리기의 3원칙은

'정도껏'
'인정하고'
'만족할 줄 알기'이다.

그래서 때론 꽉 채움보다는 약간의
공간을 비워 두는 것도 필요하다.

가끔은 홀로 행복해지기

열심히 살아온 우리 시니어들은 이제는 삶을 누릴 권리가 충분하다. 그래서 가끔은 혼자서 실실 웃기도 하고, 실현 가능성은 낮을 수도 있지만 자신만 아는 무엇에 대한 기대감으로 혼자 행복해할 필요도 있다. 자신에게 스스로 상을 내리는 것이다. 기막힌 팁을 제공해 드린다.

정말로 한 주가 힘들었다고 생각되는 날! 경제적으로 어려움만 남겨 주는 세상이 밉게 느껴지는 날, 그런 처지의 나를 한심하게 보는 배우자가 원망스러운 날, 더욱이 도저히 미래가 보일 것 같지 않는 자식들이 무척이나 야속한 날에….

조용히 복권 한 장을 구입하자. 아무도 모르게 지갑 속에 감추어 두고 혼자서 즐기자. 가끔은 한 번씩 꺼내어 보기도 하고, 혼자 있는 방에서 실없이 웃어도 보자. 그러면서 마음 속으로 외쳐 보자. 이제 사흘 남았다. 하루 남았다, 하하!

그러다가 사흘 후에 결과가 헛방으로 나와도, 실망하지 말고 새로운 것 딱 한 장만 더 사자. 그러면 행복감은 한 주일 더 연장된다.

바로 '복권 200% 즐기기'이다. 복권 구입이 금전적으로 합리적인 선택이 아님을 대부분의 사람들은 잘 안다. 그럼에도 복권이 많이 팔리는 것은 '희망'이라는 심리적 기능 때문이란다. 좋은 말로 희망이지 한마디로 대박 노림이다. 그래서 경고한다. "딱 한 장만 사야 되고, 아주 가끔이다." 추천인의 의도를 조금이라도 오해하지 말라는 경고를 강력히 전달해야 한다.

반대로 죽고 싶다고 자주 말하는 사람 가장 쉽게 죽게 만드는 비법이 있다. 매일매일 힘들다, 밉다, 환장하겠다, 죽겠다를 입에 달고 사는 사람. 거기에 더해서 좋아 죽겠다는 사람도 많다.

이런 분들 쉽게 죽는 비법이 있다. 가능한 당첨률이 높다는 즉석 복권을 하나 골라서 산다. 그리고 긁지 않고 주머니에 깊숙이 넣어 두면 된다. 그러면 그는 '궁금해서' 죽는다.

현재 처한 상황을 긍정적으로 받아들이자
- 자기 수용을 통한 행복

어떤 철학자는 '자기 수용'이라고 철학적인 용어를 제시하기도 하고, 누구는 가슴을 울리는 서술로 무릎을 치게 만든다.

쇼펜하우어의 말이다. 바꿀 수 없는 사실을 놓고 심각하게 고민하지 말라. 정확하게 현실을 인식하고 즐겁게 받아들이면, 더욱 편안하게 인생을 마주할 수 있다. 사람들은 반드시 세 가지 지혜를 갖춰야 한다.

첫째, 자신이 바꿀 수 있는 일을 위해 열심히 노력해야 한다. 둘째, 자신이 바꿀 수 없는 일을 그대로 받아들여 그 일로 다시는 고민하지 않아야 한다. 셋째, 이 두 가지 일을 구분해 낼 줄 아는 지혜를 갖춰야 한다.

세상에서 가장 중요한 것은 '지금'이며, 가장 잃기 쉬운 것도 '지금'이다. '지금'은 가장 잃기 쉬워서 더욱 소중해지는 것이다.

제 3 장

사랑받는 시니어

이제 신체적 핸디캡이 조금씩 드러나기 시작하는 시기가 되었습니다. 처음에는 인정하기 쉽지 않지만, 나이 먹음을 조금씩 느끼고 있습니다. 가끔씩은 세수하다가 손가락이 눈을 찌르기도 하고, 또 눈뜬 채로 비누칠을 먼저 해 비눗물이 눈을 따갑게 하기도 합니다. 황당함의 결정판은 골프라운딩 나가려다 안경 위에 선크림을 바르는 일까지 생겼다는 것입니다.

의사 선생님께 상담하면 "이제 그럴 나이입니다."라고 쿨하게 말합니다. 동정심을 기대하며 이해해 주기를 바라지 말고, 우리가 인정해야 할 시기입니다. 느림의 미학을 새겨야 할 시기입니다. 한마디로 천천히 그리고 한 가지씩 순서대로 챙겨서 해야 할 시기입니다. 묘하게도 신체 기능은 조금씩 노화되는데 성급함은 더 심해지기 때문에 생기는 현상입니다.

갑자기 큰소리를 치게 되거나, 또 모든 생활 면에서 말이 많아지기도 합니다. 한집에 같이 사는 식구 간에도 서로 상대를 향하여, 말이 많아졌다고, 잔소리가 늘었다고, 불쑥 화를 잘 낸다고, 서로 네 탓 공방을 벌입니다.

그렇다면 사랑받는 시니어가 되기 위해, 우리는 어떻게 해야 할까요?

손자 손녀 바보들,
그리고 친구 바보들

은퇴한 시니어들이나 시간적 여유가 많아진 우먼 시니어들이 식사 모임 후에 어김없이 들르는 곳이 카페이다. 그런데 모두들 귀만 옆 사람에게 열어 두고서는 눈은 자신의 스마트폰을 향한다.

대단한 멀티플레이어들이다. 시니어급에서 이 정도면 가히 우리나라는 IT강국임에 딱 들어맞는 얘기겠지만, 여기서 이야기의 주 방향은 IT가 아니고 손자 손녀 자랑이다.

시니어가 모인 카페는 바로 내리사랑의 현장이다. 좀 더 이야기하며 놀자고 카페로 왔건만, 다들 손자 손녀의 사진과 동영상 보느라고 눈이 바쁘다. 그러다 간혹 모임 전체의 대화의 맥을 놓쳐 사오정류의 시니어가 출현하기도 한다.

얼마나 사랑하고 또 자랑하고 싶으면 그럴까 싶다. 하긴 나도 그 평범한 시니어 중의 한 명이다. 카톡의 프로필에 가장 예쁜 사진들을 최신판으로 교체해 가면서, 오죽하면 다들 손자 손녀 자랑하고 싶어서 밥 사고 커피까지 사 가며 자랑한다는 소리까지 나오겠는가?

하긴 국가의 산업 전사로, 가문 부흥의 첨병으로 살아오다 보니 바로 밑의 자식들 커 가는 모습을 행복하게 즐기며 바라볼 시간이나 있었는가? 다들 오로지 일, 일, 일만 찾다 보니 아들 녀석이 몇 반인지 뭘 하고 싶어 하는지도 모르고 지냈다. 참 신기하게도 녀석들이 잘 커 주어 고맙다.

하지만 지금은, 산새소리반이니 초록반이니 손자 손녀들의 어린이집 반부터 심지어 선생님 이름까지 줄줄이 꿰니 참 신기하고 또 신기하다. 같은 집에 살지 않고 멀리 떨어져 살고 있더라도 일거수일투족에 관심을 쏟고 사니 그럴 수밖에 없다.

그래서인지 요즘은 밥 사 주고 커피 사 주며 손자들 자랑하는 시니어가 많단다. 하지만, 나에게는 공짜로 손자 자랑을 할 기회를 만드는 방법이 있다. 그 비법을 공개한다. 친구들에게 돈 들여 굳이 밥까지 안 사 주어도, 친구들이 먼저 궁금해지도록 만드는 방법이다.

나는 아내와 자녀들과의 카톡방에는 알림 음을 "사랑해"라고 설정해 두었다. 자랑하고픈 패밀리 뉴스가 준비되면, 친구들 간식사 자리나 카페에서 대화 모임 이전에 은근슬쩍 카톡의 알림

음 볼륨을 높여 둔다.

그리고 자랑하고 싶은 영상이나 사진이 있을 때는 미리 딸아이나 며느리에게 모임 시간에 맞춰 카톡 좀 보내라고 미리 이야기해 둔다. 갑자기 들려오는 "사랑해" 소리에 친구들이 뭐냐고 궁금해하면, 큰 비밀이나 있는 듯이 몇 번이나 거절하다가 못 이기는 척 카톡 사진이나 영상을 보여 준다. 궁금해했던 친구들은 별수 없이 남의 손자를 봐줄 수밖에 없다.

그리고 한 가지 팁을 더 드리면, 친한 친구들과의 카톡방에는 알림 음을 "뭐해~ 뭐해!"로 설정해 두었다. 심심하지 빨리 열어봐! 이런 느낌이 드는 알림 음이다. 다른 일을 하다가도 "뭐해~ 뭐해!" 소리가 나면 바로 친구들의 초청이 있는 것으로 알게 된다.

친구가 불러 준다는 것이 얼마나 고마운 일인가. 웬만하면 그 카톡부터 열어 봐야지. 어김없이 운동 약속이나 식사 모임 약속 등 나에게 도움을 주는 친구들의 고마운 마음이 들어 있음을 알게 된다.

'라떼니어'가 아닌
'골드니어'가 되라

  나이가 들어갈수록 신체 기능은 조금씩 노화되는데 성급함은 더 심해지면서 큰소리를 치게 되거나, 말이 많아진다. 한집에 같이 사는 부부도 다 마찬가지이다. 남편이 변했다고 말하는 부인도 어느새 전투 모드로 돌변하기도 한다.

  그래도 부부 사이에서는 대부분 시간이 지나면 어느 정도 관계가 회복되지만, 만약 직장 또는 어떤 조직 내의 문제라면 그 후유증은 꽤나 오래간다. 어쩌면 영구히 치유 곤란한 상태에 빠져서 인간관계가 회복 불능이 되는 경우가 많다.

  예를 들면, 종교와 같은 조직은 소속 신자들 간에 절대 그럴 일이 없어야 할 것 같지만, 신자들 역시 성인이 아닌 인간이기에 꽤나 그런 갈등 이야기들이 들려온다.

  실상을 들여다보면 종교인이라는 특성 때문에 갈등을 폭발시키지는 못하지만 당사자 간의 내면 갈등이 상당하고, 결국은 마음속으론 상대방을 무시하면서 서로 간에 투명인간으로 치부하는 일이 종종 있단다.

이런 일들은 그 조직 내에서 크고 중요한 일을 담당하고 있는 사람들 사이에서 자주 보이는데, 본인의 자존심만 내세우고 상대와의 차이를 인정하지 못한 결과이리라. 참된 골든 시니어들은 다른 이와의 생각의 차이, 습관의 차이를 인정할 줄 알아야 한다.

이런 느낌은 오롯이 나 혼자만의 느낌인가? 아니다. 이런 상황을 우리 자녀들도 마찬가지로 느낄 것이다.

많은 시니어들이 들으라고 이 세상은 말한다. 입은 닫고 지갑은 자주 열라고…. 가장 훌륭한 시니어는 입을 여는 것이 아니라 골드를 잘 쓰는 시니어이다. 그래야 금메달감 '골든 시니어'가 된다. 나는 조심스럽게 '골드니어'라고 작명해 보았다. 요즈음은 신조어의 시대이니.

반면에 젊은이들이 가장 부담스러워하는 시니어는 옛 시절을 탈피하지 못하고 '나 때는 말이야'라며 '라떼'만 강조하는 시니어, 즉 '라떼니어'임을 알아야 한다.

제 2 부

골드니어의 가르칠 책임

후세대에

가르침을 주는

골드니어

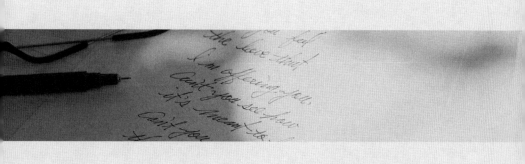

제 1 장

골드니어의
가르칠 책임

은퇴했다고 해서 현실에 안주하며 본인이 누릴 권리만 찾는다면 그냥 '시니어'일 뿐 , 세상을 향한 영향력은 미미할 것입니다. 후세대를 위해 뭔가 역할을 하는 '골드니어'가 되어야 합니다.

내 가족과 후배들에게 교육 훈계 모범 보이기가 쉽지는 않습니다. 모범 행동을 하는 것 자체가 어려운 게 아니라, 그걸 봐주고 따라 주는 후세대의 수용성이 높지 않을 수 있기 때문이지요. 자칫 '라떼니어'로 몰려 설 자리를 잃을 수도 있기에….

그렇다면 후세대들이 재미있게 들을 수 있도록 이야기라도 해 주는 건 어떨까요? 이야기를 통해서 뭔가를 느끼도록 맘이라도 움직여 보는 겁니다. 이 장에서는 그 이야기의 소재를 준비해 보았습니다.

'11.11.11' 제대로 알리기

    2011년의 어느 날 인터넷을 보다가 큰 충격을 받은 적이 있었다. '11.11.11'을 그때까지 모르고 있었던 나 자신이 부끄러웠다. 유엔 참전용사였던 캐나다인 빈스 컨트니 씨의 제안으로 매년 11월 11일 11시가 되면 전 세계인이 부산을 향하여 묵념을 올리자는 내용이다. 아시다시피 부산에는 유엔기념공원이 있다. 일명 'Turn Toward Busan' 운동이다.

    6·25전쟁 당시 풍전등화와 같은 대한민국을 위해 수많은 외국의 젊은이가 이 땅에서 피를 흘려 목숨을 잃고 또 다친 그 희생을 우리는 잊고 있었던 것이다.

    우리 국민이 가장 앞장서서 감사하고 또 잊어서는 안 되는, 그 고귀한 피에 대한 추모를 우리는 빠트려 왔던 것이다. 컨트니 씨의 제안으로 이제는 세계적인 추념일로 정해져 유엔참전 국가에서는 숭고한 추모를 하고 있지만, 정작 우리 국민들은 아직도 그 의미도 존재도 잘 모른 채 일부 인사들만의 참석으로 추모가 진행된다.

너무나 안타까운 일이다. 어떤 형태로든 국민적인 추모 동참이 이뤄지는 운동이 일어나야 한다고 생각된다. 한때 빼빼로데이라고 부르며 많은 젊은이들이 나눠 먹던 막대 초콜릿 이벤트보다 더 많이, 아니 온 국민이 더 크게 추모에 동참해야 한다. 더 많이 알려야 한다.

국민 모두가 우리 나라를 위한 고귀한 피에 대하여 다 알고, '11.11.11'의 존재와 의미를 기억할 때까지. 이제 그 책임은 우리에게 있다. 이건 순전히 우리 골드니어들의 책임이다.

엉뚱한 고집만 부리는 라떼니어가 되지 말고, 골드니어의 순순한 사명인 '알릴 것은 반드시 알려 주는' 가르칠 책임을 다하자.

싱글러브 장군을 아시는지요?

'주한미군 철수 반대' 한국전 참전 용사
싱글러브 장군 영면[1]

"주한미군을 철수시키겠다는 카터 대통령의 계획은 오판이다." 1977년 지미 카터 당시 미국 대통령의 주한미군 철수 계획에 반대했다가 본국에 소환돼 강제 퇴역당한 존 싱글러브 전 유엔군사령부 참모장이 8월19일 영면에 들어갔다.

장군은 1953년 '철의 삼각지대' 김화지구 전투에서 미군 대대장으로 활약했던 한국군 참전용사다. 1977년 유엔사 참모장으로 복무할 당시 카터 대통령의 주한미군 철수 계획에 반대했다가 사실상 괘씸죄에 걸렸다.

5년 이내에 주한미군을 철수시키겠다는 카터 대통령의 계획은 곧 한반도를 전쟁의 길로 유도하는 오판이라고 정면 비판했다. 미군이 철수하면 북한은 물론 소련(당시)과 중국도 미국이 한국 방어를 포기했다는 신호로 받아들여 신속히 남침을 시도

---

1   세계일보 2022.08.20.

할 것이라고도 지적했다.

카터 대통령은 이를 일종의 항명으로 받아들였다. 카터 대통령 앞에서 장군은 "주한 미군 철수 계획은 낡은 정보에 의해 취해진 것이며, 현재의 북한은 그때보다 훨씬 강하다."고 강조했다.

장군은 이듬해인 1978년 4월 강제 퇴역 조치됐다.

훗날, 중장, 대장으로 진급하지 못한 것이 아쉽지 않느냐는 질문에, 장군은 "내 별 몇 개를 한국인 수백만 명의 목숨과 바꿨다면 이 세상에 그 이상 보람 있는 일이 어디 있겠는가?"라고 답한 것으로 유명하다.

이 뉴스를 접하고, 故 싱글러브 장군의 생명 중시 사상과 권력자를 향한 충심 어린 반대 의견 제시에 경의를 표한다. 깊은 애도를 표한다. 많은 우리 국민들이 이 기사를 보시기를 진정 소망하며 깊은 애도에 동참하시길 바란다.

특히, 정치권 권력층 안보를 책임진 자들이 반드시 보고 느끼기를 강력히 촉구한다. 우리나라 전 정권 권력층에서 안보와 국방의 최고 책임자가 행한 행동과 얼마나 대비되는지 가슴 아플 뿐이다.

우리 공무원이 북한 수역에서 사살당한 사건에 대하여 군이 월

북으로 몰아가려고 한 왜곡 지시와, 귀순한 북한 어민을 강제로 북한으로 돌려보내서 처형당하게 한 사건 등에서 국방 및 안보 책임자들의 자세를 다시 한번 돌아봐야 한다.

故 싱글러브 장군은 젊어서는 전선의 용사로서 대한 국민의 생명을 지켰고, 장성하여 군의 책임자급으로서는 부적절한 정책에 맞서서 대한 국민의 수많은 목숨을 지켜 주었다. 우리의 장군 장관들은 도리어 우리 국민의 목숨을 북한에 내어 주었다.

혹시 이런 말을 할까 봐 미리 걱정해 둔다. '큰 전쟁을 막기 위해 개인 몇 명을 희생시킨 것'이라고…. 犬 같은 이야기다. 목숨 하나, 목숨 둘 아무것도 아닌 양 양보해 보라. 그러면 전 국민 다 죽는다. 저들의 생리를 모르는 건지? 아님 그들에 동조하는 건지…. 이게 그들이 말하는 인격이고 생명 존중인지 생각해 볼 필요가 있다.

'Van Fleet Hall'로 명명[1]

6·25전쟁 당시 미8군 사령관으로 참전한 '벤플리트' 장군을 기려, 한국 정부에서는 처음으로 국가보훈처 회의실을 Van Fleet Hall로 명명하고, 장군과 함께 참전했던 장군의 아들이 함께한 사진을 부착했다.

세계 평화를 위하고, 또 한국인보다 더 한국의 평화를 위해 자신의 몸을 던진 장군 부자의 이야기를 짧게나마 언급하고자 한다. 그동안 우리 한국인이 너무도 몰랐던 장군과 아들의 헌신을 늦게나마 국가 차원에서 기리게 됨을 다행으로 생각하면서….

벤플리트 장군은 1951년 4월 11일, 6·25전쟁에 미8군 사령관으로 참전하게 된다. 한반도를 거의 다 먹어 치울 듯한 중공군의 공세를 꺾고 38도선 이북으로 전선을 북상시킨 인물이다.

당시 한국에 도착한 참모들 일행이 이미 승산이 없는 전쟁이

---

[1]   국가보훈처 회의실 – 보훈처 blog 인용

니 사령부를 일본 동경으로 철수해야 한다고 건의했었다. 하지만 "나는 승리하기 위해 이곳에 왔다. 나와 함께하기 싫다면 당장 집으로 돌아가라."고 말해 단번에 전장의 분위기를 전환시킨 유명한 일화가 있다.

또한 그의 아들 제임스 벤플리트 2세도 아버지를 따라 6 · 25 전쟁에 참전하여 B-26폭격기 조종사(공군 대위)로 활약했지만 1952년 4월 6일 새벽, 북한의 해주 부근에서 폭격 임무 수행 중 적의 대공포를 맞고 실종되었다.

실종된 그를 찾기 위해 바로 수색이 시작되었지만, "내 자식을 찾는 일로 다른 장병들의 목숨을 위태롭게 해서는 안 된다."는 이유로 수색 중지 명령을 내린다. 더욱 감동적인 것은 이 아들 조종사가 참전하면서 어머니에게 쓴 편지 내용이다.

"어머니! 저를 위해 기도하지 마시고 함께 싸우는 전우들을 위해 기도해 주십시오."

이 벤플리트 장군에 대해 더욱 존경과 고마움을 가져야 할 것은 많다. 장군은 한국의 육군사관학교 건립에도 기여하여 '한국군의 아버지'라고도 불린다. 전역 후에는 코리아 소사이어티 (Korea Society)를 설립하여 생의 마지막까지 한미 양국의 우호

증진에 크게 기여한 한미동맹의 상징적 인물이기도 하다.

우리 한국인 못지않게 한국을 지켜 낸 이런 인물들에 대한 기억들을 찾아내고 알리려는 노력이, 이 정부 들어서 시작되고 있음은 너무도 늦었지만 상당한 의미가 있다.

나는 우리 시니어들에게 다시 한번 고하고 싶다. 이런 내용이 우리의 후배나 후손들에게 잘 알려지도록…. 우리 골드니어의 노력이 더 필요하지 않을까?

제대로
경(敬) · 인(仁) · 지(智)를 실천하자

　은퇴한 친구들 중에 이전의 인간관계가 지속되지 못하는 것에 대해 간혹 속상해하는 분들이 상당하다. '내가 얼마나 잘해 주었는데 은퇴하니 나를 무시해?' 아마도 짐작이 가실 것이다. 하지만 나폴레온 힐의 이런 격언 한마디 정도는 기억하시라고 말씀드리고 싶다.

　"오늘 내가 처한 현실(불행)은 지난날 내가 살아온 인생의 결과(보복)이다."

　더 이상 무슨 설명이 필요한가? 은퇴한 후에도 후배나 이전 조직의 관련자로부터 사랑과 관심을 받는다면, 그는 그 조직에서도 존경받을 인생을 살아온 사람이고, 전화가 뚝 끊어지고 때론 그들이 피한다는 인상을 받는다면 그건 자신이 잘못 살아온 인생의 결과라고 보면 되겠다. 그냥 쿨하게 받아들이면 된다.

　내 스스로는 과거에 잘한다고 했는데, 상대방에게서 돌아오는 반응이 기대에 못 미친다면 나의 행동을 돌아볼 필요가 있다는 의미가 아닐까? 다음은 『맹자(孟子)』의 「이루」편에 나오는 귀한 말씀이다.

"禮人不答 反基敬(예인부답 반기경)"
첫째, 나는 예의를 다한다고 했지만 상대방의 답변(반응)이 없다면 진정 공경(恭敬)하는 마음으로 대했는지 돌아보라.

"愛人不親 反基仁(애인불친 반기인)"
둘째, 나는 사랑을 베풀었다고 했지만 상대방과 친해지지 않으면 인자한 마음을 다해 사랑을 베풀었는지 돌아보라. 보여 주기 위한 사랑은 아니었는지 돌아보라.

"治人不治 反基智(치인불치 반기지)"
셋째, 내가 진정 사람을 잘 다스린다고 했지만 제대로 관리되지 않으면 지혜롭게 관리했는지 돌아보라.

성경 말씀에도 '외식(外飾)하는 자들'이란 표현이 나오는데, 예수님이 가장 싫어했던 사람들이라고 한다. 당시 바리새인이나 서기관들이 남을 의식해서 과장된 모습만 보일 뿐, 가슴에서 우러나오는 진솔한 실행이 없는 모습을 지적해서 한 말이다.

보여 주기 위한 선한 모습, 과장된 믿음 등 두 얼굴로 보이는 모습을 경계하라는 의미인가 보다. 지난 일은 바로 인생의 거울을 통해 평가받는다. 과거 자신의 행동의 진정성, 진심이 현재라는 거울을 통해 평가받는다는 의미로 해석될 수도 있다.

따라서 현재라는 거울에 비춰진 과거의 내 모습을 반성하고 다가올 미래라는 거울에 비춰질 현재의 내 모습을 더욱 진솔하고 지혜롭게 만들어 보자. 이왕 거울 이야기가 나왔으니, 다음 장에서는 거울로 표현되는 꽤나 의미 있는 말씀들을 정리해 보려 한다.

거울은 많은 것을 알려 준다

엘리베이터에 오르면 거의 모든 사람들이 거울 속 자신의 얼굴을 본다. 무표정하게 다가오는 거울 속의 인물, 많은 현대인의 모습이리라. 하루의 시작도 거울 앞이요, 첫 대면의 시작도 거울 앞인데, 거울 속에서 나를 쳐다보는 그는 나를 보며 절대 먼저 웃지 않는다.

겸연쩍어 자신이 먼저 입꼬리를 살짝 올리면 묘하게도 거울 속의 인물도 입꼬리가 올라간다. 웃으며 "안녕하세요?" 하니, 소리는 안 들려도 따라서 인사하는 모습은 보인다. 정말 평범한 진리인데….

거울 속의 인물에게 먼저 웃으라고 할 수는 없다. 인간관계에서도 마찬가지다. 내가 먼저 웃어야 주변 사람들도 웃는다. 내가 먼저 손 벌리고 다가가자. 주변이 온통 밝고 행복해지며, 나는 행복의 전도사가 된다.

거울은 자신과의 싱크로율 100%를 자랑한다. 그에 못지않은 것이 부모와 아이와의 관계이다. 작은 습관 하나부터 다른 사람을 대하는 태도까지…. 그래서 아이는 어른의 거울이라고 했던가?

아이 앞에 어른다운 모습을 보이고, 또 제대로 된 사랑을 주어야 한다. 귀하디 귀한 아이들이라고 무조건적인 사랑을 쏟아서도 안 된다. 자칫 자기밖에 모르는 아이로 커 갈 수밖에 없고, 이는 곧 장래를 망치는 지름길이 된다.

지금 내가 처한 현실은 과거에 내가 살아온 삶이 그대로 반영된 것이다. 즉, 현재라는 거울을 통하면 과거의 내 삶의 모습들이 다 드러난다. 혹시 지금 자신이 불행하다고 생각한다면 쿨하게 과거의 잘못된 삶을 반성하고, 미래라는 거울에는 좋은 모습으로 비치게끔 노력해야 한다.

군자의 세 가지 거울
- 위징과 당태종

정관의 치(貞觀之治, 627~649)는 중국이 가장 번성했던 시절로 당나라의 2대 황제 태종 이세민의 치세를 일컫는 말이다. 이 시기에 당태종이 바른 정치를 펼치도록 옆에서 항상 충언을 하는 '위징'이란 인물의 도움이 컸다고 한다.

사실 이세민은 태자 시절 장남이 아니어서 황태자가 될 수 없었다. 그렇지만 학식과 인품이 뛰어나고 사람을 모으는 재주가 남달라, 황태자 측근들이 그의 존재를 우려했다.

당시 위징은 황태자의 편에 있었는데, 이세민을 제거할 것을 황태자에게 여러 번 건의하였지만 황태자는 혈육의 정 때문이었는지 이세민을 그냥 두게 하였다. 나중에 위징의 우려대로 이세민이 황태자를 물리치고 황제에 즉위하게 된다.

즉위 후 이세민은 자신을 죽이려고 했었던 위징을 처벌하지 않고, 간의대부라는 벼슬을 주어, 자신의 잘못된 정치를 바로잡는 역할을 하도록 했다. 위대한 군주와 신하의 동거가 시작된 것이다. 요즘 필요한 협치(協治)의 모습이다.

그런 위징이 죽었을 때, 당태종은 "나는 내가 가진 세 개의 거울 중 한 개를 잃어버렸다."며 통곡을 하며 슬퍼했다고 한다.

"내 거울의 첫째는 의관을 정제하기 위한 거울이요, 둘째는 과거의 잘못된 역사를 보며 배우는 정치 거울이며, 셋째는 현재의 그릇됨을 비추는 위징이라는 거울이었다."

이런 거울도 있다
- 교인은 교회의 거울

거울은 교회에서도 찾을 수 있다. 다음은 어느 분의 글을 퍼 온 내용이다. 어느 작은 도시에 있는 오래된 교회에 새 목사님이 부임해 왔다. 어느 날 한 교인이 물건을 사기 위해 이웃 마트에 들렀는데, 카운트에서 물건을 담아 주며 계산을 해 주던 마트 사장이 조용히 묻는다.

주 인 : 새로 오신 목사님이 설교를 참 잘하시나 봐요?

교 인 : 어머! 우리 교회에 다녀가셨어요? 우리 목사님의 설교를 들으셨군요?

주 인 : 아니 그게 아니고요. 요즘 우리 가게에 들르는 교인들이 외상 구매를 안 하시고, 대부분 현금으로 구매하시거든요. 그리고 다른 사람에 대한 뒷말을 하는 교인들이 없어졌어요. 밀린 외상도 없고, 남의 뒷말도 안 하시는 걸 보니, 목사님이 설교를 참 잘하시나 봐요. 목사님 설교대로 교인들이 실천을 잘하니까 그렇겠지요.

이렇듯 교인은 목사님을 비추는 거울이고, 목사님은 하나님의 존재를 믿게 만드는 종교의 거울이다.

나의 거울은 무엇일까?
아래는 생각의 여백입니다.

승자의 저주 1

화물연대의 파업이 일주일간 지속되고 있다. 수출을 위한 물량 출하가 막히고 부품 조달이 안 되어 신차 제작을 못하고, 심지어 소주 출하를 못해 소주가 품귀 현상을 일으키고 있다.

해마다 분야마다 겪는 노사 갈등과 그에 따른 사회적 비용이 문제로 등장하지만, 어느 정권이든 어느 기업이든 어느 노동조합의 리더든 뾰족한 수는 없어 보인다. 닭이 먼저인지 달걀이 먼저인지 싸운다고 답이 나오는 것은 아니듯이 성숙된 마음가짐에만 기대를 해 본다.

승자(勝者)의 저주(詛呪)란 말이 있다. 겉으로 보기에는 이긴 듯이 보이지만 결국 피해자가 되고 만다는 의미이다. 경제학 시간에 배운다고들 하는데, 사실은 기업체 입사 후 많이 해 오던 말이다.

경제학에서는 상당한 비용을 지불하고서 기업 M&A를 하지만, 합병 당시 투입된 비용이나 노력이 합병 후 기업의 경쟁력을 어렵게 하는 요인으로 작용된 예가 많다고 한다. 또한 막상 합병이라는 목표를 달성해 놓고 보면, 실제로 피합병기업의 내재가치가 투자한 비용보다 훨씬 못하여 합병기업의 경영을 어렵게 하기도 한다. 이른바 승자의 저주이다.

화물연대든 운송을 전담하는 기업이든 화주든 모두가 승자의 저주를 받지 않는 현명한 해결책으로 대응하길 바랄 뿐이다. 이 글을 쓰고 있는 시기에 대우해양조선 하청지회의 장기적이고 극렬한 투쟁 소식이 전해진다. 곧 국가 공권력이 투입될 듯한 모양새다.

장기적인 파업으로 손실액이 7~8천억 원에 달한다니 노동자의 생활고도 문제이고 기업의 생존도 문제이며, 국가 경제도 위태로울까 걱정이다. 이를 보는 국민들도 지치기는 마찬가지이다. 경제가 멈추었으니….

하지만 그동안 우리는 공권력 투입의 비극적인 결과를 수차례 경험했다. 쌍방이 극단적인 대립을 탈피하여 구동존이(求同存異)의 자세로 해결해야 할 때이다.

오늘 잘못된 선택들이 정말 승자의 저주로 연결된다. 승자도 패자도 없는 공멸의 결말이 올 수도 있다. 승자의 저주가 우리의 인생사에도 그대로 적용되고 있지만, 막상 당사자가 되면 극단으로 치닫는 감정싸움에서 벗어나지 못하는 경우가 많다.

승자의 저주 2

최고의 연봉과 복지를 갖춘 대기업임에도 직원들은 항상 목마르고 부족함을 느낀다. 매년 노사 협상을 통하여 한층 높아진 임금과 복지 수준을 결정한다. 일반 국민들이 고액연봉자라 여기는 굴지의 대기업은 창출된 이익을 더 많이 나누고자, 그리고 열악한 중소기업은 진정 생계 수준을 끌어올리고자, 또 어떤 노동 조직은 그들의 존재 가치를 부각시키고자 매년 강경 파업 등을 일삼는다.

미래의 경쟁력을 생각해야 하는 기업의 입장이나 가계를 걱정하는 직원의 입장이나 절박한 건 마찬가지이다. 정말 다시는 안 볼 듯이 피 말리는 협상들을 해 나가지만 어찌 되었든 합의는 이뤄지고 또 새로운 기업 활동이 이뤄진다.

하지만 승리한 직원들이라고 해서 영구히 승자가 될 수 있을까? 자칫 투자 시기와 투자 자본을 놓친 기업들이 경쟁 국가, 경쟁 회사와의 치열한 전쟁에서 진다면, 현대 산업의 특성상 그 기업의 존망이 어려워진다.

결국 미래 경쟁력을 위협할 수준의 협상 승리는 자칫 승자의 저주에 빠질 수도 있으며, 그 피해는 고스란히 소속된 직원들에게 돌아옴을 알아야 할 것이다.

승자의 저주 3

옳은 말을 잘하는 사람이 있다. 성격이 대쪽같이 곧아서 바른 말로 다른 사람을 훈계도 잘한다. 특히, 논리가 정연하고 사례 연구를 많이 해서 주장에 설득력을 갖춘 인물이다. 정말 훌륭한 사람으로 공적인 업무에는 적합한 인물이다. 당나라의 위징이나 조선의 정도전 같은 인물이다.

하지만 은퇴한 시니어들은 대화에서는 이런 사람은 질색이다. 옳고 그름을 단칼에 무를 자르듯이 잘라서 말해 버리고, 생각의 작은 차이나 타인의 습관들은 잘 인정해 주지 않는다.

이런 인물이 대화 판에 등장하면 다른 사람의 대화는 뚝 끊기고 만다. 다른 사람의 말을 논리나 바른말로 눌러 버렸으니, 아무도 반박하지 못한다. 그는 그 순간 승리자가 되지만, 그러다 점차 한 사람 한 사람 자신의 주변에서 사라지게 만든다.

한순간의 승리가 인생 전체의 친구를 멀어지게 한다. 시니어가 될수록 잘 삐친다. 삐쳐서 멀어진 친구는 진심으로 사과하여 돌려놓지 못하면 자신의 곁으로 돌아오지 않는다. 결국 승자의 저주에 빠지는 것이다.

상대방과의 차이를
인정해 주자

그렇다면 이러한 승자의 저주에 빠지지 않으려면 우리에게는 어떠한 자세와 노력이 필요할까? 이를 설명하기에 앞서 재미있는 에피소드를 하나 소개하고자 한다.

어느 학교에 학생들 간에 말다툼이 생겼다. 한 학생은 삶은 감자를 소금에 찍어 먹는다고 하고, 다른 한 학생의 집에서는 설탕에 찍어 먹는다고 서로 우긴다. 두 번째 학생은 짜서 못 먹는다고 우기고 또 첫 번째 학생은 그렇게 달게 해서는 먹지 못한다고 우긴다.

그러자 그 언쟁을 보고 있던 한 학생이 점잖게 한마디 한다. "야! 우리 집에서는 토마토 케첩에 찍어 먹는다. 자기가 먹고 싶은 대로 먹으면 되는 거지. 목마르면 물 한 모금 더 마시면 되고 …."

세 번째 학생의 한마디가 결정적이다. 우길 것도 아닌 것을 가지고 핏대를 올리며 싸우는 건 정말 바보 같은 일이다. 남의 생활 습관, 다른 사람의 좀 다른 생각을 인정해 주자. 결코 그들이 틀린 것이 아니라 좀 다른 방식의 하나일 뿐이다.

우리가 열정을 다해 경쟁해서 이겨야 할 것은 따로 있다. 다른 나라보다 앞서는 기술, 다른 회사보다 더 강한 경쟁력, 다른 사람보다 월등한 실력, 그리고 다른 사람을 내 편으로 만들 줄 아는 소통 능력이다. 남에게 제 생각을 잘 설명하고 이해력을 높일 줄 아는 능력이다.

상대방의 관점에서 생각을

앞 장에서 승자의 저주에 빠지지 않으려면 남의 생활 습관, 다른 사람의 좀 다른 생각을 인정해 주어야 한다고 했다. 그러나 그에 앞서 먼저 갖추어야 할 마음가짐이 있다. 아래 에피소드는 퍼 온 글이다.

소정이는 여섯 살이다. 엄마 아빠가 모처럼 영화를 보기로 했는데 약속이 어긋나 극장 앞에서 다투었다. 아빠는 화를 벌컥 내며 먼저 집으로 가 버렸다. 아빠는 매표소 앞에서 만나자고 했고, 엄마는 건너편 편의점 앞에서 만나자고 했단다. 집으로 돌아와서도 그 다툼은 진정되지 않았다. 엄마는 그냥 답답한 마음에 집안일을 손댄다. 엄마가 멸치를 까는데 소정이가 묻는다. "엄마! 왜 멸치 얼굴은 못 먹어?" 엄마 아빠가 동시에 웃는다.

그렇다. 보는 사람에 따라 멸치 머리는, 머리가 되었다가 얼굴도 되었다가 심지어 멸치 대가리도 된다. 살아가다 보면 너도 옳고 나도 옳은 일은 많다. 꼭 나만 옳은 것은 아니다. 이것을 잘 인정하는 자가 소통의 대가이다.

'바른말'보다는 '좋은 말'을

정의, 공정, 법률 이런 이슈로 접근하면 '바른말', '옳은 말'이 필요하다. 언제나 바른말만 하다 보면 본인은 후련하고 대화의 승자가 되지만, 곧 승자의 저주에 빠져 창창한 인생길의 친구를 잃게 됨을 다시 한번 강조드린다.

'White lie'란 말이 있다. 거짓말을 많이 해도 천국으로 갈 수 있는 길이 있다. 오히려 어떤 거짓말은 꼭 해야만 천국을 간다. 예식장에서 드레스 입은 신부를 보고 세상에서 가장 아름다운 사람이라고 말하는 거짓말, 새로 산 옷을 입고 나온 친구에게 너를 위해 만들어진 옷 같다며 그 옷 어디서 샀느냐고 호들갑 떨며 물어보는 거짓말.

이런 경우, 바른말을 좋아하는 사람은 이렇게 말할 것이다. "신부가 나이가 들었나, 얼굴에 노티가 나네." 또 친구가 산 옷의 색상이 안 어울린다며 "그렇게 옷 고르는 안목이 없나?"라고 말할 것이다.

이렇게 되면 결국은 좋은 친구를 잃게 되고, 바른말 같지만 지옥에 갈 수도 있는 말이다. 정말 좋은 말은 듣는 이에게 위로가 되고 격려를 주는 말이다. 이것이 바로 골드니어의 언어 구사법이다.

굽어짐이 곧 온전한 것이다
- 곡칙전(曲則全)

어느 날 은퇴한 입사 동기들 부부와 운동 모임을 하고 경남 거창에 있는 수승대에 들렀다. 제법 깊고 힘찬 물길 양편으로 길을 내어 많은 사람들이 다니도록 잘 꾸며 놓았다.

한 곳에 굽은 소나무가 사람 키보다 낮은 높이로 서 있었는데, 사람이 몸을 구부리지 않으면 길을 지나갈 수 없게 만들어 놓았다. 머리를 숙이고 몸을 구부리며 지나는데, 또렷하게 보이도록 달아 놓은 명패가 눈길을 끈다.

"몸을 낮추면 부딪힐 일이 없습니다."

다들 명언이라 하며 감탄을 했는데, 불현듯 어느 책에서인가 오래전에 읽은 듯한 느낌이 들었다. 집에 와서 열심히 옛 기억을 더듬어 가며 책을 찾아보았다. 이전에 다른 책을 읽다가 감명을 받아, 2016년에 정리해 둔 나의 전작(前作)『횡설수설 공통분모』에서 찾았다. 내가 쓴 이야기가 아니고 인용한 때문인지 제대로 기억 못한 나도 한심했다.

고려 말과 조선 시대에 걸쳐 유명한 정승 맹사성의 일화를 소개한다. 소년 급제하여 이름을 떨치던 유명한 정승 맹사성도 젊은 시절에는 자신의 지식과 명성에 한때 도취한 적이 있었나 보다. 그런 그가 한 스님의 처소를 방문한 적이 있었다. 스님이 찻잔에 물을 넘치도록 따름을 보고 맹사성이 지적하자 스님이 말했다.

　"어찌 찻잔에 물이 넘침은 알면서 얕은 재주가 넘쳐서 인격을 망치는 것을 모르십니까?"

　이에 얼굴이 빨개지며 부끄러워진 맹사성이 급하게 일어나 문밖으로 나가려다가 머리를 부딪히고 말았다. 그 스님은 다시 한 번 가르침을 주었다.

　"몸을 낮추면 부딪힐 일이 없습니다."

　이후 맹사성은 항상 자신을 낮추고 귀천을 따지지 않고 인격적으로 상대를 대하여 많은 의견들을 경청하게 되었다고 한다.

　오래 살아남고 더 큰 일을 하려는 자는 굽어질 줄 알아야 한다. 아니, 일부러 몸을 낮출 줄 알아야 한다. 즉, 굽어짐이 온전한 것이란다. 선산을 지키는 나무를 보아도 비스듬히 옆으로 누운 나무가 많다. 곧게 쭉쭉 뻗은 나무는 벌써 베어져서 목재로 사용되고 말았을 것이다.

어느 날 수승대 탐방 길목에서 본 굽어진 나무가 많은 생각을 하게 해 준다. 곡칙전(曲則全)이라…. 굽어짐이 곧 온전한 것이다.

불현듯 자투리 김밥 예찬론이 떠오른다. 김밥은 매끈하게 썰어진 몸뚱이 것보다 맨 끝 자투리가 푸짐해 더 맛있다. 사람도 너무 완벽하고 매끈하면 인간미가 덜해 보인다. 어딘가 좀 허술한 구석이 보이고 솔직한 사람이 더 인간적이고 매력 있다.

나무가 수풀보다 빼어나면 반드시 바람에 꺾이고, 사람의 행동이 도드라지면 대중은 반드시 그를 비난하며, 흙무더기가 물가보다 튀어 나오면 물은 반드시 그 흙을 깎아 낸다.

꼭 필요한 사람에게,
꼭 필요한 곳에 돈 쓰기

시니어들이 자주 만나는 동호인 그룹이 많다. 등산, 골프, 그라운드골프, 사진, 악기 그룹 등등. 여유를 가진 시니어들이 행사 시에 찬조금을 내기도 한다. 조금 의아스럽게 여기는 것은 매번 행사 시마다 찬조를 하는 분들이 있다는 점이다.

주로 OB쪽이 찬조에 동참하는 편이다. 그런데 그 동호회는 회원들의 회비로 운영되고 있고, 또 회원으로 활동하는 사람들은 어느 수준 이상의 경제적 여력도 보인다. 난 사실 동호회에 찬조를 잘 하지 않는다. 아파트 내 골프 모임에서 우승했을 때 식비 일부를 찬조한 적은 있지만….

시니어가 꼭 많이 찬조해야 할 이유는 없다. 단도직입적으로 말하여, 여윳돈은 굳이 찬조를 하지 않아도 되는 곳에 쓰이기보다는, 좀 더 절박한 곳에 쓰였으면 한다. 어려운 가정과 아이들을 위한 기부 활동으로 그 손길을 돌려 보기를 권한다.

공개적으로 동호회에 낸 찬조금이 찬조하는 분의 인품을 좋게 보이게 하고, 동호회의 상품이나 식사 품질을 향상시킬 수는 있다. 하지만 좀 더 절박한 사람이나 어려운 가정을 위해 쓰이면 세상은 더욱 살기 좋아질 테고 골드니어의 사랑도 더욱 커 가리라.

딸과 아들 두 자녀를 둔 나는 회사 시절에 우리 아이들 수대로 어려운 가정의 아이를 돕자고 생각했다. 그래서 ○○재단에 두 구좌를 가입하여 매월 일정액을 기부해 왔다. 관련 재단에서 전해 주는 그 아이들의 성장 소식이나 감사 편지 등을 가끔 접하며 나름 보람을 찾기도 했다.

누구든지 자신이 도움을 줬던 사람이 잘되기를 바라는 것이 인지상정이다. 그 사람이 악인이든 선인이든 그 마음은 같다. 그래서인지 나도 모르게 그 아이들 소식이 궁금해지고 잘 커서 사회의 훌륭한 일원이 되기를 바라는 마음이 생긴다. 비록 적은 금액이라도 기부하는 행위의 장점인지 모른다.

그런데 내가 사위를 맞이하고 며느리가 우리 식구가 되었을 때, 두 구좌를 추가했어야 하는데 차일피일 미루다 시간만 지나갔다. 뭔가 조금 미흡한 듯한 느낌이 내 머리를 맴돌던 시절이 있었다.

하지만 하나님은 다시 한번 내게 기회를 주셨다. 우리 가정에

셋이나 되는 손자들을 선물로 주셨는데, 그 은혜의 의미가 무엇인지 몰라서는 안 되었다. 손자들을 향한 내리사랑을 경험하는 순간, 손자 수대로 다른 세 명의 아이를 위한 기부 구좌를 더 추가했다.

세상 무엇을 다 주어도 아깝지 않을 손자들! 넘쳐나는 로봇 장난감과 어린이 놀이기구에 같이 취하다가, 각종 매체 속에 등장하는 도움이 필요한 아이들을 보면서 간접적으로나마 전하고자 하는 마음이 생겨났다.

내가 무슨 고귀한 사랑을 품은 사람은 아닌데, 그래야만 내 마음이 조금 더 편할 것 같아 한 일이라고 솔직히 고백한다. 혹시 나의 이런 마음도 사치이고 자랑하는 마음인지 모른다. 그렇지만 어른들 말씀대로 "내 새끼 귀하면 남의 새끼도 귀한 줄 알아야지."를 지금도 가슴에 새기며 살고 있다.

그리고 몇 달 전 한국해비타트 지역총재님과 점심 식사를 같이 하면서 독립유공자 후손들에 대한 집 수리와 빈곤 세대 집 지어주기 운동에 대한 말씀을 듣고, 기부 구좌 하나를 추가했다.

이 글에서는 부끄러움을 무릅쓰고 자랑인 듯 늘어놓는다. 많은 분들의 동참으로 기부 구좌 수가 늘어나길 바라는 마음으로….

부모님도 중요하고
형제자매도 중요하다

나는 감히 크리스천이라고 스스로 말은 하지만 "참신앙인인가?"라고 자신에게 물어봐도 부끄러운 적이 많다. 많은 분들이 하나님의 말씀을 읽고 암송하면서 기뻐하는데, 내 스스로 성경 읽는 것이 기쁜 마음으로 되지 않고, 또 목사님의 설교가 길 때는 지루한 느낌에 때론 몸이 꼬이기도 한다.

그리고 무엇보다도 세상의 편견에 약간의 공감하는 면이 있기도 했다. 속된 표현이지만, 예수쟁이들은 예수에 미쳐 부모 형제도 몰라본다는 말을 어릴 적에 꽤나 들어 왔다. 제사를 안 모신다는 것이 그런 편견으로 연결된 듯하다.

그런데 요즈음 새롭게 음미해 보는 성경 구절들이 있다. 무심코 지나친 구절들을 이번 가정의 달에 새로 음미해 본다. 내가 일시적으로나마 가졌던 그런 생각들이 잘못된 것이었음을 깨닫게 된다. 나의 믿음이 잘못되었음을 반성하고 회개하면서….

성경 구절 중 다음 내용을 보면, 하나님을 핑계로 부모 모시기를 소홀히 하지 말 것을 강조하여 가르치셨음을 알 수 있다.

"네 부모를 공경하라 이것은 약속이 있는 첫 번째 계명이니"
"사람이 아버지에게나 어머니에게나 드려서 유익하게 할 것이 고르반(곧 하나님께 드림이 되었다) 하기만 하면 그만이라고 하고"

당시에도 많은 재물이 있음에도 부모님을 위해서 그 재물을 잘 쓰지 않았나 보다. 그러면서도 그 재물은 하나님께 드릴 예물(고르반)이라고 핑계를 대면서 자기합리화를 했나 보다.

이처럼 십계명에서부터 부모 공경이 먼저 등장한 것을 보면, 어느 세대 어느 나라를 막론하고 효도가 가장 으뜸이 되는 가치임은 분명하다. 다만 그 실천이 예나 지금이나 쉽지 않음을 짐작할 수 있다. 또한 형제자매와의 관계에 관하여도 정말 확실한 가르침 구절이 있다.

"예물을 제단에 드리려다가 거기서 네 형제에게 원망 들을 만한 일이 있는 것이 생각나거든 예물을 제단 앞에 두고 먼저 가서 형제와 화목하고 그 후에 와서 예물을 드리라"

하나님도 형제자매와 불화한 가운데 드리는 예물과 기도는 그 진정성을 당연히 의심하실 수밖에 없으시다. 주변을 보면 이웃 사촌과 잘 교류하는 사람이 의외로 형제자매와 갈등을 많이 겪고 있다.

어머니

큰 얼굴에 뭉툭한 코, 아래로 처진 눈꺼풀까지 어머니와 나는 많이도 닮았다. 아내는 여기에 내 여동생까지 싸잡아 한꺼번에 붕어빵이라 놀린다. 거기에 큰 엉덩이를 지탱하는 허리가 허약한 것까지…. 그래선지 허리 협착증 수술 후에도 통증으로 고생하는 것도 닮았다.

최근에는 어머니의 난청이 더욱 심해져서 다른 사람들의 말은 거의 알아듣지 못하신다. 근데 묘하게도 나는 아직 젊은(?) 나이인데도 난청이 왔다. 진짜 젊은 시절 작업 현장을 돌면서도 현장의 소음(당시 철판 절단음)을 무시하고, 직원들과 소통을 잘하겠다고 방음용 귀마개도 착용하지 않은 채로 현장을 다녔던 것이 잘못되었나 보다.

이유야 어떠하든 나에게 찾아온 난청의 결과로 어머니와의 소통은 오히려 내가 우리 사 남매 중에서 제일 잘된다. 내가 잘 안 들리니 나도 모르게 소리를 크게 내고, 또 또박또박 천천히 말하는 것이 습관이 되니 어머니는 내가 하는 말은 정말 잘 알아들으신다.

다시 한번 말하건대 내가 효자라서 소통이 잘되는 게 아니고, 처지가 같으니 상대방의 입장이 이해되고 상대방의 눈높이(귀높이?)로 대화하니 소통이 되는 것이다.

사시던 집에 계속 사시는 것이 편하다고 하시며, 매일 방문하는 요양보호사의 도움을 받아 시골집에 기거하신다. 허리 다리가 아프시니 건강 체크를 위해 매일 전화를 드리다가, 이 주일에 한 번씩은 내가 직접 어머니께 가서 목욕탕으로 모시고 가는데, 어머니는 이날이 그렇게 기다려지는 것이다.

내 차 조수석에 앉아서 오가는 길에 마주치는 것들에 대해 수많은 질문을 던지신다. 꼭 알아야 하겠다는 것보다는 그냥 대화를 하는 것임을 느낄 수 있다. 때론 내가 모르는 것도 많지만 그냥 대화를 나눈다. 이야기 상대가 필요했던 것이다.

매일 하던 전화를 깜빡 건너뛴 뒷날은 궁금한 마음으로 아침 일찍 전화를 드린다. 하루 종일 전화를 기다렸던 어머니의 마음이 금방 전해진다. 아닌 듯하면서도 하시는 한마디 "어째 전화가 없는가 했다."가 모든 걸 대변한다. 어제는 무슨 일로 전화를 못 드렸다고 하면, 매일 할 수 있나 하시지만 어머니나 나나 속마음은 서로 다 안다.

나보다 더 많이 어머니를 찾아뵙는 형님이나, 가까이 사는 누님 또 여동생이 수시로 반찬을 나르고 있다. 그러면서도 형제들은 내가 먼 곳(광양에서 진주)을 오가며 어머니 목욕탕 모시는 것이 힘들겠다며 나를 배려하는 마음으로 권한다. 어머니 목욕을 요양보호센터에서 시행하는 방문 목욕을 활용하기를 권한 것이다.

사실 형제들의 동생 배려가 참으로 고마웠다. 그런데 언제부터인가 나는 어머님을 모시고 목욕탕 오가는 길이 기다려졌다. 나는 차를 타고 오가는 중에 궁금한 것을 물어보시는 어머니의 질문 그 자체가 기다려지는 것이다.

큰 차가 지나가면 "저건 무슨 차고?" "기름 싣고 가는 차네요." "요새 기름 값이 많이 비싸다며, 차가 참 크기도 하다." "네, 러시아하고 우크라이나가 전쟁이 나서 기름값이 더 비싸답니다." "사람들도 많이 죽었제?"

또 길가에 사람이 안 보이면 "이 동네 오늘은 무슨 일 있나?", 하늘이 흐리면 "곧 쏟아지겠제?" 하시면서 쉴 새 없이 질문을 쏟아 내신다. 때론 묻고 답하는 시점과 포인트가 달라도 상관이 없었다. 그냥 대화를 이어 가기만 해도…. 서로 오가는 말이 그리운 것이다.

그래서 나는 먼 거리도 아닐뿐더러, 소통이 되는 대화를 위해 나를 기다리는 어머니를 위해 매달 두 번만이라도 꼭 뵈러 가겠다고 했다. 어머니와의 대화를 기다리는 나처럼 어머니도 나와의 대화를 기다리고 계시리라.

아버지의 일기장[1]

문득, 지난 달 어느 주일에 목사님이 설교 시간에 틀어 주신 故 황수관 박사님의 강의 동영상이 떠오른다.

나이 드신 아버지와 모처럼 자리를 함께한 아들에게 아버지는 쉴 새 없이 질문을 해 댄다. 창밖에 날아와 지저귀는 새를 보고 "아들아, 저 새가 무슨 새니?" 아들은 "까치요."라고 대답한다. 한 30초도 안 되어 아버지는 또 질문을 한다. "아들아, 저건 무슨 새니?" 그 순간 아들은 "아, 그건 까치라니까요!" 하고 큰소리를 치고는 밖으로 나가 버린다.

그러자 아버지는 슬그머니 자기 서재로 들어가서 그 아들이 자라나던 무렵에 써 온 자신의 일기장을 펴 보았다.

오늘은 아들이 말문이 열렸나 보다. 쉬지 않고 질문을 던지는 아들에게 스물세 번이나 대답을 해 주었다. 착하고 예쁘고

---

[1] 故 황수관 님의 강의록에서 따옴

똑똑한 내 아들이다.

"아빠 저건 뭐야?"

"아들아 그건 까치란다."

"아빠 저 새는 뭐야?"

"그건 울 아들처럼 똑똑한 까치란다."

"아빠 저 새는 왜 울어?"

"반가운 사람이 온다고 미리 알려 주는 거란다."

아버지는 스물세 번을 기쁜 마음으로, 아들 녀석은 고작 한 번을…. 나의 어머니와 내가 목욕탕을 오가는 차 안에서 정답 없이 주고받는 꽤나 많은 질문과 응답도 의미가 있는 것임을 느꼈다.

제 2 장

골드니어를 위한
소통 이야기

개념조차 명확히 하지 않고 등장한 말이 있네요. 갑자기 등장한 '골드니어', '라떼니어'…. 눈치 빠른 독자께서는 벌써 아셨을 거고, 저처럼 눈치 없는 분들은 고개를 갸웃하셨을 겁니다.

시니어를 위한 강의록을 준비하던 중에 제가 신조어를 만들어 보았습니다. 그냥 연장자로서 권리만 주장하고 누릴 자유만 찾는다면 평범한 '시니어'라 부릅니다.

그리고 권리를 주장하되 후세대를 위해 어떤 역할이든 잘 수행하여 존경받는 시니어라면 금메달을 주고 싶다는 의미에서 '골드 시니어'라 부르고 싶습니다. 골든 시니어를 줄여서 '골드니어'로….

반대로, '나 때는 말이야'라며 나 때(라떼)만을 강조하는 시니어는 '라떼니어'로 명명해 보았습니다.

소통 잘하는 시니어, 몸소 가르침을 실천하는 시니어, 잔잔한 감동을 주는 시니어, 지갑 잘 여는 시니어, 배울 것이 많은 시니어가 '골드니어'입니다.

소통(疏通) 없인
아무것도 이룰 수 없다

맹사성이 만났던 노스님의 가르침은 의미하는 바가 크다. 몸을 낮추는 것이나, 자기 생각을 상대방에게 유연하게 맞추는 것이나 이 세상에 꼭 필요한 것이 아닐까.

물론 대쪽같이 곧은 사람, 바른말, 옳은 말만 하는 사람이 꼭 필요하기도 하다. 공적인 업무를 부정하지 않게 처리할 때는 꼭 필요한 사람이다. 절대 타협해서는 안 되는 절대 선(善)이 있기 때문이다.

그러나 많은 사람들의 중지를 모을 때는 꼭 자기 의견만을 고집할 것이 아니라, 남의 의견도 경청하여 본인의 생각을 조율할 필요도 있다. 그것이야말로 곧 소통(疏通)의 기본이 아닐까.

'무통불신(無通不信) 무신불립(無信不立)'이라 하지 않는가. 소통이 되지 않으면 신뢰가 형성되지 않고, 신뢰가 없으면 어떤 일도 이룰 수가 없는 것이다. 그래서 정치권이든 기업이든 가정이든 소통을 입에 달고 산다. 그러면서도 영구히 해결 못할 것 같은 것이 소통이다.

소통이란 각 주체 간의 사소한 차이는 과감히 무시하고, 공통으로 추구하는 가치(공통분모)만을 부각시켜 가며 협의해 나가는 과정이다. 바로 대동소이(大同小異)의 방식이다. 또 유사한 개념으로 구동존이(求同存異)의 방식도 있다.

이는 공통된 가치는 지속적으로 찾아내고 이견이 있는 사안은 뒤로 남겨 두어 중요한 공통 가치를 해결한 후에 논의하자는 것이다. 그러려면 자신의 생각을 잠시 접어 두고, 생각을 굽힐 줄도 알아야 한다. 공통된 가치를 이루기 위해 모든 것을 내려놓고 협의하고 조율해야 한다.

작금의 정치권 소통 형태를 보면서 꼭 해 주고 싶은 말이다. 이들은 요즘 완전히 거꾸로 된 행태를 보인다. 아니, 오히려 일부러 어깃장을 놓는 것 같다. 유별나게 정치권이 소통 문제를 해결못하는 이유는 딱 하나 '모든 것을 네 탓으로 돌리는 습성' 때문이다.

엄격해야 할 자신들의 처신은 얼렁뚱땅 핑계로 넘기고, 남의 사소한 잘못은 세상 최악의 비난과 헐뜯음으로 대응하기 때문이다. 이는 당초에 소통하고픈 마음이 없는 것이다.

많은 정치인들이 '대인춘풍 지기추상(待人春風 持己秋霜)'을 사무실을 장식하는 액자용으로만 생각하기 때문이다. 오히려 거꾸로 '대인추상 지기춘풍'의 모습으로 행동한다.

다른 사람(상대 진영)에게는 가을날 서릿발 같은 잣대를 들이대고, 나(우리 진영)에게는 봄바람처럼 훈훈하고 부드러운 관용을 베풀어 댄다. 그야말로 내로남불의 극치이다. 케이팝(K-pop), 한류, 한복 등과 함께 'Naronambul'도 우리를 유명한(?)나라로 만들어 주었다니 참으로 한탄스럽다.

정치권, 기업조직, 국·공영 단체, 부부에 이르기까지 추구하는 공통의 가치는 분명히 있다. 정치권은 국민을 위한다는 최고선이 있고, 기업은 지속가능경영과 구성원의 복리후생의 절충이 필요하다. 가정의 행복을 최고로 치는 부부간의 공통된 가치 또한 분명 존재한다.

결국 소통의 상대방을 일방적으로 공격하고 무시하거나 한쪽 당사자의 힘을 극단적으로 약화시켜 놓으면 공통의 가치 추구가 가능하지 못함은 자명한 사실이다. 그래서 공통의 가치, 즉 공통분모를 잘 설정해야 하며 그 설정의 과정에서 일정 부분은 생각의 굽어짐이 필요할 것이리라. 건전한 라이벌, 건강한 동반자를 위해서도 그를 위한 양보가 필요하리라.

이전에 근무하던 회사 직원 중에 '물레방아 동인' 한 분이 지은 작품으로부터 받은 감명을 생각하며 이 자리에 옮겨 본다.

젓가락에게 배우다

가메봉에 앉아 점심을 먹었다
어쩌다가 부부가 갈라지듯
절벽 아래로 젓가락 하나를 놓쳤다
숟가락으로는 안 푸이면
집어서 먹으라는 반찬의 투정을 듣다가
나뭇가지 하나 잘라서 짝지었는데
어설프게 점심 먹었다

내려서는 등에다가
가메봉 어쩌다가 갈라진 바위가
사람이나 젓가락이나 다를 바가 있느냐며
하늘이 두 쪽이 나도
금이 가서는 안 되는 게 부부라는 말이
갈라진 사이로 놓친 젓가락을 내려다보던
절벽처럼 서늘하게 들렸다

여기에서 젓가락의 두 짝은 부부일 수도 있고, 정치권의 양 진영일 수도 있고, 회사와 직원일 수도 있고, 자주 만나는 친구이자 라이벌일 수도 있다. 결국 두 짝은 서로를 의지하고 살 수밖에 없음을 잘 표현한 것이다.

젓가락 한 짝을 너무 억압해서는 안 되며, 소통과 동반자 정신으로 함께 가야 한다. 한쪽이 무리한 힘을 가함으로써 젓가락 한 짝이 꺾이거나 부러지지 않게 하는 상생 정신이 필요한 때이다.

소통이 전쟁은 아니다
- 라포르 형성부터

소통이 무슨 전쟁인지, 소통하겠다고 만나서는 싸우고 돌아온다. '네가 먼저 그랬으니 나도 이런다.' 뭐 대충 이런 모습의 연속이다. 경상도 사투리로 흔히 쓰는 말이다. "니 그카이 내 그카지." 중간 단계 다 생략하고 "니 내 맘 알제?" 알기는 뭘 알며, 이래서 무슨 소통이 되겠는가?

소통을 잘하려면 먼저 서로 상대방을 알아 가고, 상대방의 아픔을 공감하고, 상대방의 나와 다른 생각을 들어 줄 수 있는 마음의 준비 상태가 필요하다. 즉, 라포르(rapport) 형성의 단계이다. 어떤 이는 라포르를 감정 교류의 수도관으로 비유하기도 한다. 당연히 그 관의 굵기가 굵을수록 소통에는 효과적일 것이다.

결국 소통의 전 단계, 속된 말로 '작업' 단계인 라포르 형성이 없으면 절대로 소통을 잘할 수 없다. 요즈음 TV에 자주 등장하는 프로파일러(범죄심리분석관)들도 굳게 다문 범인의 입을 열기 위해 가장 먼저 시도하는 단계가 라포르 형성이라고 한다.

친한 사람끼리는 평소에 라포르 형성이 되어 있다고 보지만, 어떤 목적을 가진 소통을 위해서는 새로운 라포르 형성이 필요하다.

본인의 가족사와 개인적인 생활상까지 먼저 털어놓으며 상대방의 공감을 구해 가는 방법부터, 온갖 유머와 에피소드를 동원하여 상대방의 마음을 부드럽게 녹여 내는 방법, 그리고 상대방이 가장 애지중지하는 가족이나 심지어 반려동물에 대한 배려까지 포함하여 다양한 방법들이 동원된다.

나는 시니어들을 대상으로 간혹 강의를 하게 되면, 수강생이 공감을 해 주는 유머들을 시작부터 쏟아 낸다. 집중도가 높아지고 결코 이 시간이 괴로운 시간이 아님을 수강생 스스로 느끼게 만든다.

예를 들어, "요즘 들어 신체적인 변화가 상당히 급격히 온다. 여러분이나 저나 비슷한 변화일 것이다. 특히 당 떨어졌다는 선배 시니어들의 말이 저절로 공감이 가는 상황에 이른다. 그런데도 아내를 비롯한 우리 가족들은 철저히 내가 당(糖)에 접근하는 것조차 금지 지시를 내린다. 그래도 우리는 단것 정말 조심해야 할 나이이다."라고 강조하면, 대부분 많이 겪는 상황이라 고개를 끄덕인다.

슬쩍 오래전 아재 개그가 도입된다
- 라포르 형성의 첫 단계

이 상황을 아재 개그를 도입하여, 웃고 공감하며 만들면 라포르 형성의 첫 단계가 시작된다.

연세가 드실 만큼 드신 이모 배우님이 단것 혼자 드시고 돌아가실 뻔한 사연입니다.

가족들로부터 단것에 접근 금지 명령을 받은 이 모 배우님! 어느 날 지하실에 내려가니, '단거'라고 쓰여진 조그만 병이 눈에 띈다.

"영어로 쓰면 모를 줄 알고? 내가 어학연수까지 갔다 왔는데 …."

그냥 쾌재를 부르며 병뚜껑을 열고 한 모금 꿀꺽! 'DANGER' 라고 적힌 병을 손에 들고 의식을 잃고 쓰러지고 만다.

여러분, 우리 단거 조심합시다. 우리 몸에 위험해요.

이러면서 첫 시간을 시작한다. 라포르가 형성되고 있음을 느끼며…. 여기서 중요한 것은 유머의 내용이 아니라, 유머를 전달하는 강사의 유머러스한 말투와 입담이다.

한마디로 상대방에게 웃을 마음의 준비를 먼저 시켜야 한다. 그래야 유머로 웃음의 폭발이 일어난다. 당연히 웃기는 훈련이 필요하다. 연습해야 웃길 수 있고, 그래야 소통을 위한 공감을 쉽게 얻게 된다.

또 이런 아재 개그도 있다. "여러분이 들어 본 미션 중 어떤 것이 가장 어려웠나요?" 꽤나 많은 의견들을 들어 보다가 고개를 가로저으며, 어려운 미션 1순위는 "스님 머리에 핀 꽂기"라고 던진다. 대부분 공감의 웃음이 터진다.

2순위는 "목사님이 태어난 고향에서 목회하기"라며 한 종교에 치우치지 않게 한다. 사유를 잘 설명해야 웃음을 유도할 수 있다. 어린 시절 많은 교인들의 보살핌을 받으며 자라났는데, 만약 목사님이 되어서 원래의 고향에서 목회를 하다 보면, 원로 장로님·권사님들이 혹여 어린아이 취급하여 목사님 위엄이 떨어질지도 모른다는 현실적 이야기다.

3순위를 말할 때는 강사의 이야기도 곁들인다. "가족이나 친구들 앞에서 강의하기." 지금 이 자리에도 제 아내가 보낸 스파이 분이 계실지 몰라 전전긍긍한다며 웃고 시작한다.

그런가 하면, 호남 지역에서 써먹는 개그 소재도 있다. "우리 신체에는 5닥이 있다. 아시는 분은 바로 거수!" 이 개그는 꽤나 수강자들의 집중력을 높이기도 한다. 갑자기 집중하는 모습들…. 처음 두 개는 금방 나온다. 손바닥! 발바닥! 세 번째 약간 뜸을 들여, 혓바닥! 네 번째 장고 끝에 나오는 것이, 낯바닥!

마지막은 거의 한 명 정도 맞추는 수준인데, 솔직히 말해 사전에 들어 본 사람 아니면 알기 어려운 것이다. "껍~닥" 지역 특유의 톤을 섞어 이야기하면 다들 자지러진다.

중요한 것은 듣는 상대방이 바로 웃음을 터뜨릴 수 있도록, 웃도록 만드는 연습이 필요하다는 것이다. 다시 한번 강조하는데, 개그의 소재보다는 전달하고 웃음을 유도하는 강사(또는 화자)의 스킬이 중요하다. 듣는 사람이 사전에 웃음을 터트릴 준비를 하도록 유도해야 한다. 다시 한번 전달자의 스킬을 강조한다.

소통은 공감해 나가는 과정이다
- 스위트 스팟(sweet spot)을 찾아서

소통은 상대방과의 공감을 위한 목적 또는 목표물을 일치시켜 나가는 과정이다. 서로가 논쟁하고 대립하는 중에도 최종적으로 원하는 목표는 같을 수 있는데, 그 최종 목표에 이르는 방법론의 다름을 극복하는 것이 소통의 과정이라 본다. 흔히들 '스위트 스팟(sweet spot)'을 찾아야 한다고도 한다.

스포츠 분야에서 많이 사용되는 용어인데, 기가 막히게 설득력이 있다. 야구에서 홈런을 칠 때나 테니스에서 강력한 스매싱으로 공격할 때나 야구 배트나 테니스라켓의 스위트 스팟에 정확하게 맞아야 된다. 가장 정확하게 큰 힘이 실리는 그 지점을 스위트 스팟이라 한다. 빗맞히거나 헛스윙을 하게 되면 몸만 상하고 만다.

인간사에 대입해 보면 상대방과 내가 공유할 수 있는 달콤한 지점, 말하는 이의 마음과 듣는 이의 마음이 만나는 접점, 서로의 계산과 바람이 맞아떨어지는 지점이다. 결국 서로의 가려운 데를 긁어 주면 소통은 급진전하고 목표는 쉽게 성취될 수 있는 것이다.

서동요 작전과 서동요 리스트
- 목표를 주변 사람에게 알려라

시니어가 되면서 닥친 지탄받는 습관들이나, 신체적 변화에 잘 적응하기 위한 우리들의 노력은 점점 더 가열차다. 누구는 흡연을, 또 누구는 음주를, 다른 누구는 뱃살을 주적으로 삼고 이겨내기 위하여 많은 노력을 한다.

이때 필요한 것은 전문가들의 조언이나 지도도 있지만, 무엇보다도 가까운 가족이나 지인들의 도움이다. 신준모 님의 『어떤 하루』라는 책 속의 비법은 이미 앞 장에서 소개하였다.

저자는 자신을 실행의 천재라고 말하는데, 그런 배경에는 일명 서동요 작전이 있단다. 하고 싶은 목표에 대해 미리 소문을 내면 그것이 그대로 이뤄지도록 엄청난 노력을 하게 된다. 창피를 면키 위해서라도 부단한 노력을 하게 되는 것이다.

이 서동요 작전을 수행하기 위하여 나는 '서동요 리스트'를 만들어 활용 중이다. 이 리스트를 통하여 남에게 퍼트리면 그것이 소통의 소재가 되고, 내 계획의 실행력을 높여 준다.

그런데 여기서 최대의 적은 작심삼일인데, 이 역시 물리치는 비법이 있었다. 바로 사흘에 한 번씩 다시 결심하고 소문 내는 것이다. 주변분들에게 큰 소리로 알리자, 자기 자신의 목표를. 서동요 리스트는 나의 꿈과 희망을 설계하는 동시에 주변과 소통하는 좋은 도구가 될 것이다.

설득에 성공하려면

세상은 매일 바쁘게 돌아간다. 짧은 시간에 고객(상대방)을 만나 그분의 마음을 얻는 것이 설득의 성공 요인이다. 그래서 오래전부터 '엘리베이터 스피치'란 용어도 있고, 요즘 윤석열 대통령은 '도어 스테핑'을 시작하기도 했다. 또한 광고 카피에 나오는 내용들을 보면 '운율효과'란 것이 상당한 힘을 발휘한 기억이 새롭다.

이런 것에 그냥 습관적으로 고개를 끄덕여 왔는데 어느 분의 글을 읽어 본 후, 무식한 나 자신을 다시 돌아보는 계기가 된다. 간혹 이런 자료들을 보면서 배움의 즐거움을 느껴 보기도 한다.

가장 성공한 것이 앞 장에서 든 '서동요 작전'과 운율효과가 아닐까? 다음은 전 세계를 움직인 상표 및 카피 문안이다.

Coca Cola

Donald Duck

Back to the Basic

Intel Inside

우리 말에도 강한 설득력을 가진 운율 효과가 많다.

잠을 자면 꿈을 꾸지만 공부하면 꿈을 이룬다.
보는 것을 믿는가? 믿는 것을 보는가?
아프냐? 나도 아프다.
죽느냐 사느냐 그것이 문제로다.

대구(對句) 효과로 기억력을 살리는 설득 효과도 있다.

밀고 댕기기[밀당]
밀어치기 당겨치기(야구)
In (back) swing Out (follow) swing(골프)

요청의 힘

주변에 대화가 잘 안 통하고 어렵게만 느껴지는 사람이 있는가? 그러면 손을 내밀어 먼저 무언가를 부탁해 보라. 도움을 주실 것을 간곡히 요청해 보라. 사람과의 사이가 가까워지는 법, 바로 '요청하기'이다.

'원하는 것'과 '원하는 것을 얻는 것'은 다르다고 한다. 원하는 것을 얻기 위해서는 요청(부탁)할 수 있어야 한다. 사람들은 흔히 거절에 대한 두려움 때문에 요청을 망설이게 된다. 그렇지만 요청이라는 말 자체는 거절을 전제로 한단다.

두려움 없이 요청할 줄 아는 사람이 현명한 사람이며, 특히 거절당한 횟수와 강도는 성공의 크기와 비례한다고 한다. 어렵고 힘든 사이일수록 요청(부탁)을 더 적극적으로 하여야 한다. 그로 인해 더욱 가까워질 수 있기 때문이다.

좋은 사례가 있다. 유명한 '벤자민 프랭클린 효과'이다. 벤자민과 아주 사이가 나쁜 의원이 있었는데, 어느 날 벤자민이 고민

끝에 그 의원이 아끼는 책을 빌려 달라고 부탁을 했다. 그 의원이 흔쾌히 그 책을 빌려주었는데, 그 이후부터 둘 사이가 급격히 좋아졌다고 한다.

벤자민은 사람들에게 자신이 도움을 준 사람을 계속해서 더 돕고 싶어 한다는 속성이 있음을 잘 파악했던 것이다. 우리도 누군가가 어렵게 도움을 청해 오면 막연하나마 돕고 싶은 생각이 들게 된다. 그 이후는 서로에게 좋은 사이로 다가가게 된다는 것을 잊지 말자.

요청의 방법

그렇지만 요청을 하는 방법은 더 중요하다. 먼저, 요청할 만한 사람에게 요청해야 한다. 둘째, 끈기 있게 요청해야 한다. 간절함이 상대방에게 전해질 수 있도록. 셋째, 기분 좋게 요청해야 한다. 마지막으로, 도움을 받고 난 이후가 더욱 중요하다. 반드시 감사함을 확실하게 표현해야 한다.

이방인의 지갑을 열게 한 거리의 악사님의 요청 방법을 소개한다. 많은 사람들이 요청의 중요성에 대해서는 잘 알고 있지만, 요청을 잘하여 목적을 달성하는 성공률이 그리 높지는 않다. 모 대학 교수님이 직접 경험한 일화라고 한다.

미국에 체류할 때 있었던 일이다. 공원에 나가 산책을 하는 중에 거리의 악사 한 사람이 신명 나게 바이올린을 연주하며 다가왔다. 연주를 하면서도 모금함을 눈으로 가리키며 도와 달라는 표현을 하는 것이 느껴졌다. 평소에 그런 요청을 좋게 보지 않았던 그 교수님은 마음속으로 '아무리 해 봐라, 내가 돈을 넣는지 ….' 하며 그냥 구경만 하고 있었다.

그런데 결국은 생각보다 큰 돈을 모금함에 넣고 말았다. 그 악사님은 이방인 교수님이 한국인임을 간파하고, 우리의 애국가를 연주하기 시작했던 것이다. 이런 상황에서 교수님은 결국 악사의 의도대로 지갑을 열고 말았다.

여기서 우리는 요청의 어떤 방법으로 요청을 해야 요청의 목적을 달성할 수 있는지 잘 알 수 있을 것이다.

리더의 자세

리더십에 관해서는 정치권, 기업, 군대, 학교, 가정에서까지 빠짐없이 언급되는 최고의 명제이다. 따라서 수없이 많은 리더십 이론과 서적들이 넘쳐나지만, 제대로 배우고 지켜지는가에 대해서는 의문이 많다.

나 역시 리더십 강의도 많이 했지만 리더가 어떠해야 한다는 구체적 사례를 언급하기보다는 훌륭한 리더라고 생각되는 분들의 실례를 소개하는 것이 훨씬 효과적이라고 굳게 믿어 왔다.

리더는 많은 구성원을 공동의 목표로 이끌 책임을 진 사람이다. 리더는 그 과정에서 수많은 어려움과 불편에 직면한다. 때론 포기하고 혼자만의 편한 길을 걷고도 싶겠지만 리더는 반드시 구성원과 같이 가야 한다. 같이 가는 길이 가장 멀고 또 오래 가는 길이라고 하지 않던가?

그러기에 리더는 불편한 구성원과도 함께 갈 줄 알아야 한다. 리더는 반드시 불편해야 한다. 리더가 불편한 만큼 구성원이 편해지기 때문이다. 반대로 리더가 편해지면 다른 구성원은 불편해진다는 사실을 절대 잊지 말아야 한다. 즉, 리더의 생각이 외롭고 힘들더라도 이로 인해 구성원이 편하고 행복해질 수 있다면 반드시 그것을 관철시켜야 한다.

여기서 리더의 고민은 시작된다. 리더가 좋다고 생각한 것이라고 해서 구성원 모두가 처음부터 좋아할 거라는 생각은 버려야 한다. 오히려 구성원들은 자신의 편리함과 이익을 우선 생각하며 극렬한 반대를 하기도 한다. 그렇지만 리더는 그 목표 지점 너머에 있는 구성원 전체의 공동선을 생각하며 이끌고 가야 한다.

다만, 일방적 결정과 독단으로 무리하게 속도를 낼 것이 아니라, 반대하는 구성원들의 처지를 이해하고 그들이 동참할 수 있는 방법을 찾아 설득하는 것이 리더의 역할이다. 바로 소통의 리더십이다.

우리나라 역사 속의 참리더로 거론되는 인물들은 수없이 많지만, 그중에서도 세종대왕은 소통의 리더십으로 유명하다. 훈민정음이 백성들에게 반드시 필요한 것임을 아셨기에 건강을 해치면서까지 창제에 애쓰셨지만, 사대부의 동참 없이는 훈민정음의 전파가 불가능함을 알았기에 그들을 설득하고 동참을 이끌어 내는 데에 더 공을 들였다. 후세에는 창제의 업적만을 더 훌륭히

다루지만, 사실은 유학자들의 엄청난 반대를 설득하고 소통한 리더십, 즉 세종의 정치력은 지금 정치가들도 본받아야 할 덕목이리라.

한편 헌신의 리더십은 그 사례가 참 많다. 대부분은 리더들은 자신의 희생을 최고의 덕목으로 삼으니까…. 삼국 통일의 일등 공신 김유신을 비롯한 신라의 장수들은 자신들의 자식을 제일 먼저 전장으로 투입하면서 백성들의 동참을 이끌어 내어 전쟁을 승리했다고 본다.

몇 년 동안의 전쟁을 지속하면서 출정하는 부대 행렬이 장군의 집 앞을 지날 때에도 장군 가족이라고 따로 만나지도 않고 그냥 지나쳤다고 한다. 오히려 이를 안타깝게 여긴 한 병사가 김유신 장군 집의 우물물을 떠와서 장군에게 목을 축이게 하였는데, 이 때 김유신 장군이 "우리 집 우물물 맛은 여전하구나."라고 말했다는 일화도 있다.

황산벌 전투의 계백 장군과 충무공의 선공후사 리더십 또한 국민 모두가 아는 헌신의 리더십이다.

몇 가지 사례는 다음 장에서 좀 더 자세하게 소개해 보고자 한다.

실행보다
소통이 먼저임을 아는 리더

실패한 리더들이 저지르기 쉬운 경우를 알아보자. 뜻이 좋으면 모두가 다 따를 것이라는 착각, 내 말이면 모두들 다 찬성할 것이라는 헛된 꿈, 실행의 시기를 잘 판단하지 못하는 판단 미숙, 분위기가 성숙되길 기다릴 줄 모르는 조급함 등이다.

앞서 소통을 위한 행동도 전쟁하듯 일방적으로 하면 안 된다고 언급한 바 있다. 라포르 형성 단계라 하여 공감의 단계가 필요한데, 실행도 마찬가지이다. 좋은 뜻을 세웠으면 실행하기 위한 절차를 차근히 밟아 나가야 한다. 세종대왕의 소통의 리더십의 특징은 최만리 등 많은 유학자들을 설득하는 정치의 과정임을 이야기한 바 있다.

『맹자』에 나오는 발묘조장(拔苗助長)이라는 고사가 있다. 농부가 심어 놓은 묘가 빨리 자라지 않음을 안타깝게 여겨, 빨리 크게 하려고 묘를 뽑아 올리다가 죽이게 되었다는 이야기이다.

성경의 잠언에도 "부지런한 자의 경영은 풍부함에 이를 것이나, 조급한 자는 궁핍함에 이를 따름이니라"라는 말씀이 나온다. 좋은 묘가 심겼으면 지긋이 기다릴 줄도 알아야 하고, 공감과 소통의 절차를 반드시 이행해야 한다.

산업 현장에서의 리더

산업 현장의 관리가 요즘처럼 힘든 적은 없을 것이다. 나 역시 처음엔 중간 관리자로, 말년엔 작은 기업의 대표이사로서 산업 현장을 누비며 직원들과 소통의 장을 열어 왔지만, 지금처럼 중대재해 기업처벌법이나 하청근로자의 지위 관련 법과 판례가 경영을 어렵게 하는 경우는 처음이다.

정치권은 인권 향상도 좋지만 종국에는 경제가 살아야 국가도 있고 국민도 존재할 수 있음을 알고 과감한 친기업·친경제 정책 부활이 필요한 듯하다. 각설하고 산업현장의 리더는 3품을 고루 갖추어야 한다. 발품, 손품, 입품이다. 현장 혁신전문가의 강의에서 전해 들은 내용이다.

먼저 발품은 사무실과 책상에서의 탁상 경영을 하지 말라는 이야기이다. 작업 현장을 빈번하게 두루 다니며 현장의 위험 요소, 낭비 요소를 찾아내며, 근로자들과 끊임없이 대화하는 리더가 되어야 한다는 뜻이다. 발품을 많이 판 만큼 리더십은 배가된다.

둘째, 손품은 한마디로 서번트 리더십이라 볼 수 있다. 리더가 직접 앞장서 실행하고 어려운 일은 찾아서 동료나 부하를 위하여 베푼다는 뜻이다. 물심양면으로 베푸는 만큼 리더십은 인정받게 된다.

셋째, 입품이다. 발품을 팔며 다니다가 만나는 사람마다 좋은 말, 즉 칭찬을 퍼부으라는 이야기이다. 말 한마디로 천 냥 빚을 갚는다고 했다. 입으로 부지런히 칭찬과 격려를 쏟아 내야 한다.

『사기』에 나오는 유명한 말이 있다. '사위지기자사(士爲知己者死)'. 선비는 자신을 알아주는 사람을 위해 목숨까지도 바친다 하지 않는가? 부하 직원을 알아주고 칭찬해 주고 좋은 말을 잘해 주는 리더는 많은 사람들이 존경하며 진심을 다해 맡은 일을 완수하는 것이다.

무턱대고 부하 직원을 편안하게 내버려 두는 것이 인간 존중이 아니다. 동료 직원이 하는 대로 내버려 두는 것이 배려가 아님도 결코 놓쳐서는 안 될 리더의 자세이다.

리더를 자처하는 많은 분들이 3품 중에서 손품·발품에는 정말 능하다. 다시 말해 본인의 몸을 헌신하여 남을 섬기고 봉사하는 활동은 잘하는 편이다.

그런데 그렇게 훌륭한 리더들이지만 마지막 1품인 입품을 잘못 쌓아 손품·발품의 노력을 물거품으로 만드는 경우가 허다하다. 아니, 오히려 잘못된 입품으로 설화(舌禍)에 빠지는 것이다. 잘못된 말로 화를 입을 수 있음을 명심해야 한다.

참리더 이야기 1
- 참스승 김창석 선생님

나의 인생에 가장 훌륭한 리더로 꼽는 분이 있다. 아마 독자들도 이 글을 한 페이지만 더 읽다 보시면 제일가는 리더로 손꼽을 것이라 감히 단언한다. 이 이야기는 일부만 직원들에게 공개했던 나의 어린 시절 이야기다.

때는 1970년대 초반, 진주의 한 초등학교에서 있었던 일이다. 한 번의 실수 때문에 놀림감으로 전락할 뻔한 어린 학생을 보호하여 바른길로 인도해 주신 스승님의 이야기다. 촌놈, 커닝쟁이, 오줌싸개로 끝날 뻔했던 어린 학생을 지금 이 책의 필자의 위치까지 만들어 주신 분이다. 김창석 선생님께서 지키신 진정한 사도(師道)와 학생 사랑에 존경과 감사를 드리며, 그분께 이 글을 바치고자 한다.

1969년으로 기억된다. 경남 진주의 한 초등학교에서의 이야기이다. 봉황이 나는 모습을 닮은 산이라는 비봉산이 인접한 곳에 자리 잡았는데, 학생들 중에 봉황 같은 인물이 나타날 것이라 믿어 '봉래' 라 이름 지었단다. 필자는 거창, 합천에서 요즘이면 분교 수준의 학교를 거쳐서 이 학교로 전학을 오게 된다.

이 학교를 2년 반 정도 다녔지만 지금도 기억에 남는 건, 전학 후 처음 맛본 배급용 밀가루 빵의 감미로움과 외톨이였던 촌놈을 반겨 주던 넓은 운동장, 그리고 결코 잊을 수 없는 김창석 선생님과의 만남이다.

이 졸저의 주 독자층인 베이비부머 세대들은 아실 것이다. 당시 원조받은 밀가루, 옥수수 가루 등이 극빈세대 어린이들의 영양간식으로 제공되는 시절이었다. 거창, 합천에서는 거친 옥수수 가루만 지급되었는데, 진주로 전학 후 처음 맛본 밀가루 빵의 부드러운 맛은 지금도 빵집을 자주 찾는 나의 식습관에 영향을 미쳤는지도 모른다.

그리고 당시 나는 기존 급우들에게 무시당하는 외톨이 신세였으니, 운동장에서 바람 빠진 축구공을 친구 삼아 차고 달리기에 빠져드는 게 당연했을 것이다. 다행히도 산골을 달리던 체력과 어느 정도의 운동신경이 받쳐 주었는지 필자의 축구는 꽤나 주위의 인정을 받았다. 이때 시작된 축구 사랑은 필자 나이 60 중반에 이른 지금도 변함없다.

당시 나는 동산골에서 살았던 관계로 '동산골 펠레' 로 불렸고,

대학 시절, 군대 시절에는 '8백만 불의 사나이', '군대스리가의 차붐' 등 을 별명으로 얻게 되었다. 또한 평생직장으로 믿고 입사한 포스코의 첫해에는 전사 체육대회에 축구선수로 출전하여, 소속된 전반관리부서의 축구팀을 우승으로 이끄는 데 기여한다. 스텝부서 팀이 현장 부서 축구팀을 누르고 우승하기는 그해 1984년이 전무후무한 기록이었다.

그러나 초등학생 시절 당시에는 사실, 운동 재능이 부모님과 선생님에겐 크게 인정받지 못했다. 오로지 자수성가를 위한 공부만이 요구되던 상황에서, 담임이신 김창석 선생님의 가르침을 몸으로 느끼게 된 결정적인 사건이 생겼다.

어느 날, 단기간에 학교 성적이 올라갈 큰 행운이 찾아온 것이었다. 내가 학급의 당번이던 날, 혼자 교실을 청소하던 중이었다. 우연히 선생님의 책상을 열어 본 순간 필자는 심장이 멎을 뻔했다. 그 주에 볼 시험 문제지가 눈에 띈 것이었다.

누가 볼세라 얼른 문제들을 옮겨 적었다. 그 달엔 필자가 전학온 후 처음으로 상위 등급으로 올라가고 선생님과 부모님께 큰 칭찬을 받았다. 그 일은 상당 기간 반복되었고, 성적은 커닝 때문인지 본 실력이 늘었는지 계속해서 상위권을 유지하게 되었다.

꼬리가 길면 밟히는 법이던가? 어느 날 선생님은 반 아이 전체를 벌 주었다. 모두 자기 책상 위에 올라가 무릎을 꿇고 앉게 했다. 지금 같으면 가혹행위라는 생각이 들지 모르지만, 당시에는 이 방법으로의 훈육은 그리 나쁘지만은 않았던 것 같다.

그렇지만 지은 죄가 있는 나는 '나 혼자에게만 벌을 주면 되는데 왜 전체를?'이라는 의문을 가질 즈음, 선생님은 "지금까지 자신이 잘못한 것을 반성하는 시간이다. 잘못된 방법으로 이긴다면 절대 오래가지 않는다."고 조용히 말씀하셨다. 누구누구를 지적하지 않고 학급 전체에 대한 벌을 주신 것이다.

얼마나 시간이 지났을까, 나는 책상 위에 꿇어앉은 상태에서 그만 실례를 하고 말았다. 조금씩 젖어 오던 오줌 방울이 마침내 책상 위를 흥건히 적실 정도가 되었다. 평생 지워지지 않을 오줌싸개의 오명을 쓰고 살아가야 할지도 모를 일이었다.

그러나 이 상황을 간파한 김창석 선생님은 다른 아이들이 아무도 눈치채지 못하게 한 바가지나 되는 물을 나에게 뿌렸다. 그러고는 "넌 인마, 웬 땀을 그렇게 흘리냐?"며 일부러 큰소리로 나무랐다. 평생 필자에게 족쇄가 될 오줌의 흔적과 시험지를 훔친 흔적은 한 바가지의 물세례로 말끔히 지워졌다.

두고두고 기억해야 할 리더십이었다. 잘못은 가르치되 상처로 남지 않도록…. 그런 선생님, 지금 또 계실까? 학창 시절 거쳐 온 수많은 선생님들 중에 가장 기억에 남는 분, 진정한 교육자이신 김창석 선생님!

만일 그날 다른 분이 그 자리에 계셨더라면, 나의 인생은 어떻게 달라졌을까? 내 인생에서 가장 큰 실수는 시험지를 훔쳐보고, 오줌을 싼 것이 잘못이 아니라, 김창석 선생님을 나중에라도 찾아뵙고 감사드리지 않은 것이다.

"너무 늦게 깨달았습니다. 용서해 주세요. 선생님의 넓은 마음 그리고 스승님의 깊은 헤아림을 다른 많은 선생님들이 닮게 해 주세요."

참리더 이야기 2
- 참군왕 초나라 장왕

용서를 하되 허물이 남지 않게 보호해 주는 리더십을 고사에서 찾아보았다. 초나라 장왕의 절영지연(絕纓之宴) 고사이다. 한 번의 실수를 공개되지 않게 덮어 준 아량이 충신을 만들었다. 이 책을 보는 분이면 누구나 다 알 만한 내용이리라.

절영지연(絕纓之宴)이란, 직역하면 "갓끈(纓)을 끊어 버리고 연회를 연다"는 의미이다. 이야기로도 무척 재미있다. 지금의 성인지 관점과는 차이가 날 수 있으나, 관용이라는 관점만 봐주시길….

초나라의 장왕은 반란을 평정한 후 신하들을 불러 놓고 즐겁게 연회를 열었다. 공을 세운 장수는 물론이고 문신과 총애하던 애첩들까지 연회장에 다 불러 모았다. 흥이 절정에 달한 연회 도중 갑작스럽게 불어온 바람 때문에 등불이 다 꺼져 버렸다. 깜깜해진 그 순간 어느 한 신하가 왕의 애첩에게 입을 맞추고 달아났다.

애첩이 그 신하의 갓끈을 끌어당겨 움켜쥐고는 장왕에게 귓속말로 고자질을 했다. "왕이시여, 제게 입을 맞추고 달아난 사내의 갓끈을 제가 잡고 있사오니, 부디 불을 밝혀 그놈을 찾아내어 벌 주시옵소서."

그러자 장왕은 아무도 불을 켜지 못하게 한 후, 큰 소리로 명령했다. "오늘은 즐거운 날이다. 한 사람도 빠짐없이 갓끈을 끊어버리고 즐겁게 놀아 보자. 불을 밝혔을 때 갓을 쓰고 있는 사람에게는 큰 벌을 줄 것이다."

덕분에 연회는 더욱 흥겹게 이어졌고 무사히 마치게 되었다. 그로부터 수년이 지난 후, 초나라와 진나라 사이에 큰 전쟁이 벌어졌는데 어려운 고비 때마다 한 장수가 자기 몸을 돌보지 않고 혼신의 힘을 다해 앞장서서 싸운 결과 마침내 전쟁을 승리로 이끌게 되었다.

장왕은 너무나 고맙고 감격한 나머지 그 장수에게 물었다. "과인의 덕이 그리 높지 않아 그대에게 특별히 해 준 것도 없는데, 그대는 어찌하여 죽음을 무릅쓰고 용감히 싸웠는가?"

그러자 그 장수는 엎드려 대답했다. "대왕이시여, 저는 삼 년 전에 이미 죽은 목숨입니다. 삼 년 전 연회 자리에서 대왕의 애첩을 희롱하다 갓끈을 빼앗겼는데, 그때 모른 척 넘어가지 않으셨다면 이미 죽었겠지요. 제 목숨은 대왕의 것입니다. 지금이라도 그때의 죄를 벌 주십시오."

위의 두 사례에서 어린 학생과 하급 장수를 감싸 준 두 거인의 모습을 보았다. 장왕의 아량과 부하를 사랑하는 마음이 혈기 넘치는 젊은 하급 장수의 죄를 덮어 주었는데, 그것이 장왕 자신과 국가를 지켜 내는 충성심을 이끌게 한 것이다.

참리더 이야기 3
- 헌신의 리더십, 오기 장군

이 고사는 『사기(史記)』에 나오는 이야기로 연저지인(吮疽之仁) 고사이다. 부하의 종기(등창) 속의 피고름을 입으로 빨아 내어 치료해 줌으로써 부하를 살린 어진 장수의 이야기이다.

위나라의 오기라는 장수는 부하들의 어려움을 같이하는 장수로 유명하다. 다른 장수들처럼 말이나 마차를 타고 이동하는 것이 아니라 병사들과 같이 걸어 다니거나, 부하들이 무거운 짐을 나르면 가서 같이 날라 주며 병사들로부터 존경받았다.

그러던 어느 날, 한 병사가 등창이 낫지 않아 온몸이 피고름으로 썩어 가자 종기를 입으로 빨아서 병사를 살리기도 했다. 당연히 병사들이 오기 장군을 존경하며 그의 지휘를 잘 따랐다.

하지만 후방에서 이 소식을 들은 그 병사의 어머니는 대성통곡을 했다는 것이다. 그 이유는 이전에 그 애의 아버지도 오기 장군 밑에서 복무했는데 하도 종기가 잘 생겨서 오기 장군이 입으로 고름을 빨아내어 살려 주었더니, 전쟁터에만 가면 앞장서

선봉에 서다가 전사했기 때문이란다. 필히 이 아이도 그럴 것이
니 자기는 남편도 아들도 다 오기 장군 때문에 잃을 것임을 알
기에….

말·말·말, 설화(舌禍)

자고 나면 떨어지는 새 대통령에 대한 지지율이다. 이미 20%대의 지지율과 60%대의 부정 평가율로 많은 국민들이 새 정부에 대해 우려가 많다. 경제를 살리고 실리적 국방 및 외교 정책을 굳건히 추진하려는 동력이 작동되지 못할 것 같은 불안도 엄습한다. 도대체 무슨 잘못을 했길래 출범한 지 100일도 안 된 정부와 대통령을 이토록 옥죄고 있는가?

말! 말이다. 한마디로 혀를 잘못 놀리는 설화이다. 은밀하게 오가야 할 말들이 공개적으로 노출되고, 그걸 처음에는 아무렇지 않게 방치하거나, 허황된 변명으로 일관하다가 더 큰 실망감을 주는 경우가 허다하다. 물론 잘못된 인사 검증과 함께 잘못을 인정 않는 고집들도 한몫했을 것이다. 당연히 권력의 최측근을 노리는 정치꾼들의 세력 다툼도….

오늘 또다시 언론은 시끄럽다. 풍수해 복구 현장을 도우러 갔던 국회의원의 입에서 "사진 찍기 좋게 비가 오면 좋겠다."는 말이 나라를 뜨겁게 달군 것이다. 물론 국민을 위한 일을 하고 있음을 효과적으로 알리려 한 의도였음을 짐작할 수는 있겠다. 억수같이 쏟아지는 빗속에서 복구에 전념하는 모습이 찍히면 홍보 효과는 당연히 클 것이다.

하지만 봉사란 것이 남이 알아주기를 바라는 마음으로 시작한 순간 봉사는 빛을 잃는다. 그건 생색에 불과하다. 더욱이 수해로 목숨을 잃고 집과 가재를 다 잃었는데, 조금만 비가 더 내려도 교통이 마비될 정도인데, 이 상황에 비가 더 오라는 말이 도대체 나올 수 있는지!

인격보다는 조직이, 개인보다는 회사나 나라가 우선시되던 시절 자주 듣던 못된 언어가 생각난다. 속된 말로 회사 일만 열심히 하던 시절에, 회사의 방침이나 사회 일반 상규에 어긋나는 일을 하는 친구들을 보고 "머리는 장식품으로 달고 다니냐?" 강하게 질책하던 상황이 생각난다. 지금 이 순간 정치인들의 머리가 그 정도인가?

하긴 전 정부도 말 문제는 늘 달고 다녔다. 세월호 참사 현장의 방명록의 기록에는 "고맙다!"란 말도 들어 있으니…. 세계 제일의 성인인 것처럼, 인격자인 양, 청렴한 자처럼 다른 사람의 일에 온갖 비판만 퍼붓던 사람도, 결국은 자기의 수많은 말이 족쇄로 돌아온 지난 정권의 인사 들도…. 어느 누구도 말에 자유로운

이 없으리라. 나 또한 말이 많아지고 글이 횡설수설하는 것을 보니, 나도 마찬가지일세.

제대로 알고 쓰는 말 1
- 부메랑 효과, 부정적인 의미다

6~7년 정도 되었을까? 내 생애 마지막 회사에 근무할 즈음이었다. 최고의 경쟁력을 가진 신입사원들이 입사 후 약 1년여의 기간이 경과한 다음 과제 발표를 하는 자리였다. 한 사원이 "과제를 열심히 수행한 결과가 부메랑으로 돌아와서 이렇게 좋은 성과를 창출했다."고 자랑스럽게 발표했다.

발표 후 강평 시간에 나는 훌륭한 성과에 대하여 충분히 칭찬을 하고 난 다음, 부메랑 효과라는 용어는 부정적 또는 역효과의 의미이므로 발표한 과제의 훌륭한 성과 설명에는 적절치 않는 표현이라고 의견을 곁들인 적이 있다. 그런데 묘하게도 발표자를 비롯한 대부분의 참석자들이 내 설명을 굉장히 의아해했다. 나는 내 말을 이해 못하는 그들이 더욱 의아스러웠다.

독자께서는 다들 아시겠지만, 부메랑 효과란 어떤 행위가 의도한 목적을 벗어나 불리한 결과로 돌아오는 것을 일컫는다. 또한 심리적 측면에서는, 설득이 오히려 역효과로 작용해서 의도와 반대되는 현상이 나타내는 것을 뜻하기도 한다.

오스트레일리아의 원주민인 아보리진(Aborigine)이 사냥이나 전쟁 시에 사용한 도구인, 부메랑(Boomerang)에서 유래한 것이다. 이 강력한 무기인 부메랑을 적이나 사냥감을 향하여 던졌을 때 타격에 성공하면 엄청난 효과를 가져오지만, 만약 부메랑이 목표물을 타격하지 못하고 되돌아오면 오히려 자신들이 피해를 입기도 한 데서 유래되었다.

그래서 부메랑 효과는 자신이 계획했던 생각대로 되지 않아 오히려 자신이 피해를 입는 역효과를 강조할 때 주로 사용한다. 이 신입사원이 극적이고 큰 감동을 표현하려고 인용한 용어지만, 그 과제가 창출한 훌륭한 성과를 갉아먹는 옥의 티로 작용했다.

제대로 알고 쓰는 말 2
- 부합(符合), 긍정의 의미다

당시 그 회사에서 나의 부서 직원이 보고 시 수차례에 걸쳐 부합(符合)을 부정의 의미로 사용하기에 지적하여 고쳐 준 적이 있었다. 당시 보고자는 두 상황이 어긋난 것을 가리키면서 "甲과 乙이 부합되었습니다."라고 하여 不合의 의미로 사용하였는데, 놀랍게도 그 자리에 참석한 직원 모두가 똑같이 잘못 이해하고 있었다.

즉 "甲과 乙이 符合되었다."는 말은 갑과 을이 정확하게 일치한다는 긍정의 의미로, 찾던 목적물을 찾았거나, 목표로 했던 결과물을 생산했거나, 원하던 상황을 잘 만들어 내었다는 뜻이다. 그런데 보고 내용은 부합되었다고 하였으나 당시 상황은 완벽하게 어긋나 있었다.

이들은 符合을 不合으로 잘못 이해한 듯하다. 아시다시피 부합(符合)은 두 조각을 맞추어 보니 정확하게 딱 들어맞아 애초에 한 조각이었던 것임을 알 수 있게 된다는 뜻에서 출발했으리라.

부신(符信)이라 하여 나무 조각이나 두꺼운 종이에 글자를 기록하여 증인(證印: 증거가 될 도장)을 찍은 후에, 두 조각으로 쪼개어 서로 나누어 보관하고 있다가 나중에 동일한 편이나 물건임을 증명하기 위하여 맞추어 보는 데서 유래하였다고 한다.

우리가 잘 아는 설화나 신화 속에도 이런 예가 꽤 나온다. 스토리의 주인공이 핏덩이일 적에 비상 상황하에서 불가피하게 부모와 헤어지면서 거울이나 칼 조각을 품에 소지한다는 내용이다. 성장하여 어른이 되어 자기의 신분을 확인할 때 서로가 가진 칼 조각 또는 거울 조각을 맞추어 보고 핏줄을 확인했다는 것이다. 이때 두 조각이 깨트려진 모양대로 잘 들어맞으면 부합(符合)되었다고 한다.

위 사례들과 같이 긍정과 부정이 잘못 이해되어 사용되고 있는데, 요즈음은 정확한 언어 사용에 대한 학습 부족도 있겠지만 스마트폰 언어 탓인지 오용이 너무 심하다.

제대로 알고 쓰는 말 3
- 잘못된 존댓말의 사용 例

요즘은 카페에서 음료 주문 후 자리에 앉아 있으면 진동벨이 진동하면서 음료 가져가라고 연락이 오지만, 이전에는 순전히 직원의 육성으로 알려 주던 적이 있었다. "커피 나오셨습니다." 란 멘트를 들으며, 실수일까 농담일까 궁금해하던 적도 있었는데, 놀랍게도 실수도 농담도 아닌 무지의 소치인 경우가 많았다. 좀 과격한 표현일지 모르나, 존댓말의 사용법을 몰랐으니 그럴 수밖에….

정치인들은 요즘 "대통령님께서 말씀하셨습니다."라거나 "ㅇㅇㅇ장관님께서 지시하신 사항입니다."와 같이 깍듯이 이중으로 존경과 존대를 하지만, 또 어떤 젊은이들은 "사장님한테 보고드립니다."거나 "아버지한테 말씀드려서" 등으로 존대어도 평어도 아닌 언어를 구사한다.

전자의 경우 공식적으로 멘트하는 자리라면 "대통령께서 말씀…"이나 "ㅇㅇㅇ장관 지시 사항입니다." 등으로 중복되는 존대 호칭 표현들은 한 가지만 생략하면 상당히 자연스런 모습일 것 같다. '님'과 '께서' 등이 중복 나열됨에 따른 자연스럽지 못한 느낌이 줄어들리라.

그리고 후자의 경우도 이왕이면 사장님'께'로, 아버지'께'로 올려 드리면 좀 더 존경의 마음이 나타날 듯하다.

제대로 알고 쓰는 말 4
- 바른 표현은 아니나, 기상천외한 신조어들

어느 날 아들 며느리와 식사 후에 카페에 들렀다. 차를 주문하는데 우리 부부는 커피만은 춥거나 덥거나 가리지 않고 따뜻한 것을 마셔 왔기에 Hot 아메리카노를, 아들 부부는 Ice 아메리카노를 주문했다. 아내는 따뜻한 커피 예찬론자임을 은근 내비치는데, 며느리는 자신들은 '얼죽아'라고 말했다. 우리 부부는 둘 다 처음에는 상당히 당황했었다. 그런데 젊은이들 말로 '얼어 죽어도 아이스'라는 설명을 듣고 크게 웃은 적이 있다.

시집간 딸아이와는 매일 수차례씩 카톡으로 대화를 하는데, 어느 날은 대화하다가 갑자기 두 시간여를 딸아이가 등장하지 않는다. 은근히 무슨 일이 있는지 걱정도 되었지만 모른 척 기다리고 있었다. 몇 시간 후 '사랑해'라는 우리 패밀리의 카톡음과 함께 대화가 들어왔다. 지금 막 '육퇴'하고 스마트폰 본다고…. 엉~? 육퇴를 도무지 모르겠기에 별수 없이 물어보았다. '육아 퇴근'이란다. 순간 무릎을 내리칠 수밖에 없었다.

간편어로 만들어 낸 아이디어도 놀랍지만, 내가 더욱 놀란 것

148

은 육아를 노동으로 생각하는 젊은이들의 생각이 이 단어에 그냥 녹아 있음을 알 수 있었기 때문이다. 인구 절벽이라는 우려가 점차 현실화됨을 알 수 있었다.

우리 교회 식구들과 중국집에서 점심 식사를 한 적이 있다. 나보다 젊은 집사님 세대와 원로 장로님 사이에 낀 세대였던 나는 탕수육 접시를 놓고 테스트를 한 적이 있다. "부먹으로 할까요? 찍먹으로 할까요?" 나의 예상대로 젊은 집사님 쪽은 '찍먹'이라고 대답이 바로 나오는데 장로님은 무슨 말인지 의미를 몰라 두 번이나 물어보셨다.

부먹, 찍먹은 참 오래전 이야기인데도 세대 간 전파도에 있어서 이렇게나 차이가 난다. 다 아시겠지만 혹시 모를 한 분의 독자를 위해 부연한다. '찍먹'은 탕수육 소스를 따로 담아 한 개씩 찍어 먹겠다는 뜻이고, '부먹'은 탕수육 접시에 소스를 한꺼번에 부어서 먹는다는 뜻이다.

장황한 예를 든 것은 시니어들도 젊은 세대의 말에 접근할 기회를 스스로 찾아야 함을 강조하기 위함이다. 말 같지 않다거나 이해 노력을 기울이지 않으면, 우린 '라떼니어'가 되는 것이다. '라떼니어'는 '나 때는 말이야'를 강조하는 시니어를 뜻한다. 즉, '라떼 + 시니어 = 라떼니어'이다. 이것은 내가 처음 사용한 용어다.

제 3장

감사하는 삶:
섬김, 배려, 축복, 칭찬

어느 날 TV에서 가수 선이 출연한 프로그램을 본 적이 있습니다. 키도 크고 멋있고 또 부인과도 뜻이 잘 맞는데, 특히 남을 위한 기부의 천사라는 직책까지…. 하마터면 하나님을 원망할 뻔했습니다.

그는 여유가 있어서 기부하는 것이 아니라, 있는 것 중 일부를 기부하는 것이라고 했습니다. 더욱 놀라운 것은 이사 가려고 준비했던 자금을 해외아동 후원금으로 전액 기부하여, 이사 시기를 수년 이나 늦추고도 행복에 빠진 마음이었습니다.

나누고 배려하고 축복하고 칭찬하는 섬김을 함으로써 행복해지나 봅니다. 섬길 수 있음을 감사하는 삶을 만들어 봅시다.

느림의 美學

오늘도 되뇌어 본다. "기다려라! 기다려라! 느리게, 조금만 더 느리게!"

나는 성질이 급한 편이다. 일부러 그렇지 않은 척 노력하기에 나의 지인들은 잘 모른다. 현역 시절, 야간이나 주말에 불현듯 중요한 생각이 떠오르면 그걸 참지 못해 안달이었다. 잊지 않으려 메모도 해 보지만 다음 근무일까지 기다리기가 쉽지 않다.

처음에는 문자를 담당자에게 보내서 다음 주 언제까지 검토해 보라는 지시를 하기도 했다. 참 간 큰 짓이었다. 휴일에 휴식을 빼앗는 악덕 상사였다. 그러다 타인의 휴일. 휴식 보장과 중요한 업무의 실행이라는 두 마리 토끼를 다 잡을 수 있는 방법을 찾아내었다. 물론 쓰고 보면 별것 아닌데….

꼭 해결해야 하는 과제들을 나름대로 방향까지 잘 기록한 후에 메일의 시간 설정 기능을 이용하여 담당자에게 보내는 것이다. 이때 메일 발송 시간은 다음 근무일 오후 정도로 세팅하여 보낸다.

내가 전하고 싶은 이야기는 타인의 휴일이 아닌 근무일에 전달될 것이며, 나는 중요한 과제를 빠트리지 않는 부담에서 벗어나기도 했다. 그러나 이 모든 일은 처음부터 나의 조급한 마음에서 비롯된 것이다.

첫째, 휴일에는 그냥 모든 일을 잊고 쉬면 된다. 머리는 텅 비우고…. 그러면 중요한 과제를 생각해 내지도 않을 것이다.

둘째, 그래도 언뜻 떠오른 아이디어가 있다면 간단히 메모만 해 두면 된다. 일의 방향까지 굳이 휴일에 고민할 필요는 없다.

셋째, 메일 보내는 것도 나 자신에게는 스트레스일 수 있다. 메일의 내용을 휴일에 작성하는 것 아닌가? 다음 주에 출근하여 수첩 메모를 보고 다시 한번 생각해 보라. 생각이 바뀌었을 수도 있다. 휴일에 쓸데없는 일을 한 것은 아닌지….

하버드대나 베이징대에서 〈느리게 더 느리게〉를 행복한 강의 과목으로 채택한 이유로서 충분할 것이다.

유대 격언에 나타난 삶의 착안점

설명은 필요 없이 한 번 더 읽어 보기만 해도, 무엇이 중요한지를 금방 알 수 있는 격언들이다. 전술한 이 글의 몇 페이지를 다시 한번 요약해 놓은 듯하기에 소개한다.

평판은 최고의 소개장이고, 표정은 최악의 밀고자이다.

입 때문에 망한 사람은 있어도, 귀 때문에 망한 사람은 없다. [성급한 말로 인한 설화(舌禍)를 조심하고 경청(傾聽)과 경청(敬聽)을 많이 하라]
* 傾聽: 귀 기울여 듣다. 敬聽: 공경하는 마음으로 듣다.

행운을 맞이하기 위해서는 지혜가 필요하지 않으나, 그 행운을 살리기 위해서는 지혜가 필요하다.

성공의 절반은 인내이고, 아침이 오지 않는 밤은 없다.

원수는 모래 위에 새기고 은혜는 돌 위에 새긴다.

인생의 축복:
무엇이 축복일까?

어릴 적 불우한 가정에서 태어난 분들이 나중에 큰 성공을 이룬 예가 많다. 태어난 환경 때문에 어려운 시절을 보내는 분들께 전해 드리고 싶은 이야기이다. 그 시절과 지금은 다르다는 생각으로 미리 포기하지 말기를 간곡히 부탁드리는 바이다.

가난한 것, 허약한 것, 못 배운 것은 오히려 인생의 축복이었다는 두 분을 소개한다. 동화작가 안데르센과 기업가 마쓰시다 고노스케는 자신의 약점을 장점으로 살려 낸 인물이다.

동화작가 안데르센은 초등학교도 다니지 못했기에 누구보다 더 많은 생각과 관찰을 할 수 있었다. 주정뱅이 아버지의 학대를 받은 덕분에 『성냥팔이 소녀』를 쓸 수 있었고, 못생겼다고 놀림을 받았기에 『미운 오리새끼』를 창작하여 세계 모든 어린이가 사랑하는 동화작가가 되었다.

기업인 마쓰시다 회장의 이야기도 있다.

"나는 가난 속에서 태어났기에 부지런히 일하지 않고서는 잘 살 수 없다는 진리를 깨달았다. 허약하게 태어났기에 건강의 소중함을 알고 몸을 아끼고 잘 관리하여 90살이 넘어서도 30대와 같이 냉수 마찰을 할 수 있었다. 초등학교를 중퇴했기에, 이 세상 모든 사람을 나의 스승으로 받들어 배우는데 노력하여 더 많은 지식과 상식을 얻었다."

그는 불우한 어린 시절을 인생의 축복이라 불렀다.

칭기즈칸의 고백
- 내 귀가 나를 가르쳤다

한때 전 세계를 호령하던 칭기즈칸도 무학에서 출발하여 칸의 지위에 올라 세계를 지배하게 된다. 그는 말했다.

내 귀가 나를 가르쳤다.
나는 내 이름도 쓸 줄 몰랐으나,
남의 말에 귀 기울이면서 현명해지는 법을 배웠다.
적은 밖에 있는 것이 아니라 내 안에 있었다.
나를 극복하는 순간 나는 칭기즈칸이 되어 있었다.

인생의 축복
- 환자의 기도문

뉴욕대학 부속병원 재활센터에 〈인생의 축복〉이라는 환자의
기도문이 적혀 있다고 한다.

큰일을 할 수 있도록 힘을 주십사 신에게 원했건만
겸손을 익히도록 연약함을 주셨다.
보다 위대한 일을 할 수 있도록 건강을 원했건만
보다 좋은 일을 할 수 있도록 병약함을 주셨다.
행복해지고자 부를 원했건만
현명해질 수 있도록 가난을 주셨다.
세상 사람들의 칭송을 받고자 성공을 원했건만
현명해질 수 있도록 가난을 주셨다.
즐거운 인생을 누리고자 만물을 원했건만
만사에 기뻐할 수 있도록 삶을 주셨다.
원했던 것은 어느 하나 얻을 수 없었지만
소망은 모두 들어주셨다.
이런 부족한 자신임에도 말로 표현할 수 없는
마음속 기도를 모두 들어주셨다.
나는 모든 사람들 가운데 가장 넘치는 축복을 받았다.

한국의 축복
- 토머스 프리드먼의 말로 돌아보는 우리나라

"한국은 자원이 없다는 매우 큰 장점을 가졌음을 알자. 천연자원이 없는 한국은 땅밑이 아니라 두뇌를 채굴할 수 있다. 두뇌야말로 고갈되지 않는 유전이다. 축복임을 알자."

칼럼니스트이자 작가인 토머스 프리드먼의 말이다. 이는 우리를 제대로 표현해 준다. 그리고 한번 시작하면 끝을 본다는 한국인의 집념은, 더 적나라한 표현으로 근성은, 빈손으로 시작한 한강의 기적과 반도체 IT 강국이라는 선물로 돌아왔다. 부존자원이 없기에 인적자원이 더욱 중요함을 알았던 것이고, 배를 주리며 배운 교육열 덕분이기도 하다.

오래전부터 침탈당한 이전의 역사 속에서 아이러니하게도 우리는 방위산업의 성장을 이룰 수 있었고, 마침내 전쟁의 폐허를 뛰어넘어 자주포 항공기 미사일 등이 세계의 방위력에 기여하고 있다.

거기에 더하여 하나님은 우리에게 '흥'을 가장 잘 표현하는 뛰

어난 유전자를 주셨다. 세계를 지배하는 케이팝(K-pop)과 그 한
류를 동경하는 세계 젊은이들의 한국 사랑이 우리의 가장 큰 자
산이다.

가까운 가족에게 먼저 감사하자

물의 고마움을 잘 모르듯이 부모나 형제 그리고 부부 등 가까운 가족에 대해서는 감사 표현을 잘 못하는 것이 현실이다. 아니, 오히려 고맙다는 느낌보다는 작은 것을 계기로 섭섭한 느낌을 더 많이 갖는 사람도 있다.

부모니까, 부부니까 당연하다고 잘못 생각하지는 않는지 한 번쯤 생각해 볼 일이다. 다른 분의 글에서 퍼 온 글인데 출처는 알 수가 없어 송구하다.

엄마와 싸우고 집을 나온 소녀가 음식을 파는 좌판 쪽을 기웃거린다. 하루 종일 굶은 때문이다. 맛있는 냄새가 진동하지만 가진 돈이 없었던 소녀는 고픈 배를 부둥켜안고 침만 삼키고 있었다. 좌판 여주인이 눈치를 채고 아이를 불러 국수를 내놓는다.

허겁지겁 국수를 먹던 소녀가 눈물을 흘리며 하소연을 한다.

"아주머니도 이렇게 잘해 주시는데 우리 엄마는 저를 찾지도 않아요."

여주인이 지긋이 소녀를 쳐다보다가 말한다. "얘야, 어떻게 그렇게 생각하니? 난 네게 고작 국수 한 그릇을 줬을 뿐인데도 고마워하면서, 네 엄마는 태어나서부터 이때까지 먹이고 입히고 공부시키며 키워 왔는데, 감사하기는커녕 엄마와 싸우다니 …."

여주인이 한마디 덧붙인다. "사람들은 낯모르는 사람의 작은 도움에는 굉장히 고마워하면서 부모님, 부부, 가족 간의 사랑과 관심은 당연한 걸로 생각하지. 당연한 것이란 없단다. 가까운 사이일수록 더욱더 감사할 줄 알아야 한단다."

행복한 지하철

시니어 동화로 전파하고 싶은 글입니다. 원작자를 몰라 죄송합니다.

지하철 바닥에 어린 아이들이 쪼그리고 앉아 피곤한지 졸고 있다. 얼굴에 옅은 미소를 지으며 물끄러미 바라보던 노신사가 자리에서 일어서며 아이들을 불렀다.

"얘들아 여기 와서 앉아라."

아이들이 쪼르르 달려와 앉았다. 그러자 아이들의 엄마가 나무랐다.

"어서 일어서라. 할아버지가 더 힘드신데…."

노신사가 웃으며 말했다.

"원 별말씀을요, 저는 곧 내릴 겁니다. 또 이렇게 하면 아이들을 잘 가르칠 수도 있어요."

그리고 종점까지 가야 할 노신사는 출입문 한쪽에 몸을 기대고 서서 눈을 감았다. 백발의 왕관을 쓰고 살며시 눈을 감은 노신사의 얼굴에 웃음이 번지고 있었다.

라이벌 예찬론

당신은 라이벌이 있는가? 없다면 오히려 불행하다고 여기라. 라이벌이 강하기에 당신의 약점이 도드라지고, 스스로 더욱 최선을 다할 수 있는 것이다.

라이벌이 꾸준히 앞으로 나아가기에 자신이 제자리걸음을 하고 있음을 알고 더 나아지려고 노력하는 것이다. 라이벌은 나의 의지를 불타게 하고, 나의 일상을 더 윤이 나게 한다.

또한 라이벌은 아직 다듬어지지 않은 돌을 값어치 있는 옥으로 연마하게 만든다. 그러니 모두들 라이벌에게 감사하여야 한다.

배려하는 마음

『탈무드』에 나오는 등불을 들고 길을 나서는 장님 이야기를 읽고 꽤나 감동받은 적이 있었다. 이 이야기는 타인에 대한 배려가 결국에는 나에게도 도움이 된다는 것이었다. 독자분들은 다 아실 내용이지만, 마지막 한 분을 위하여 좀 더 세밀히 적어 본다.

깜깜한 밤에 길을 가고 있는데, 반대쪽에 등불을 든 이가 천천히 다가오고 있었다. 가까이 와서 보니 등불을 든 이는 앞을 보지 못하는 장님이었다. 나그네가 물었다.

"아니 앞을 못 보면서 등불이 왜 필요하지요."

그러자 장님이 답한다.

"나는 사실 이 동네 사람이라 앞을 보건 안 보건 이 길에 익숙해서 다니는 데는 지장이 없다오. 그런데 당신 같은 나그네에게는 이곳이 좁고 구불구불하여 밤길이 꽤나 어렵다오. 혹시 지나치다가 부딪힐 수도 있으니 내 등불 빛을 보고 편히 가시라고 들고 나온다오. 그러면 나하고 부딪힘도 방지할 수 있다오."

세 글자로 큰 배려를

다음 글처럼 후배를 사랑해 주는 배려심도 잔잔한 감동을 준다. 그분과의 약속 시간에 5분 늦는다고 양해 문자를 보내면 바로 답이 온다.

1) 저도 지금 가는 중입니다. 천천히 오세요.
2) 저도 지금 막 도착했어요. 천천히 오세요.

두 가지 답이 모두 가능하지만, 아니 솔직하게 말해서 두 번째 답이 더 정직한 대답이긴 하다. 사실 그분은 약속 장소에 십여 분 전에 도착해 있었으니까. 그리고 약간의 배려도 내포되었고 ….

하지만 나는 그분이 이미 도착해 있으면서도, 상대방을 배려해서 첫 번째와 같이 답하는 것을 안다. '가는 중'이라는 단 세 글자를 사용함으로써 아직 도착 못한 타인에게 조금이라도 미안함을 덜하게 하려는 큰 배려심이 묻어난다.

타인과 더불어 살아가는 삶을 더욱 풍성히 하려는 노력으로 이뤄진 것임을 알 수 있기에…. 더더욱 감사한 하루가 된다.

어느 교장 선생님의 장례식

작은 마을에 어느 교장 선생님의 장례식이 있었다. 3천 명이 넘는 사람들이 참석하여 지역 전체가 놀라고 큰 뉴스가 된 적이 있었다.

살아생전에 옷이든, 생필품이든 제자가 물건을 판다고 하면 반드시 찾아가셨다. 먼 거리 가까운 거리 구분하지 않고 부지런히 사랑하는 제자들을 찾았던 것이다. 얼마나 제자가 생활이 힘들면 저런 것을 다 팔까 하는 마음이 앞서니 어느 한 제자의 사연도 빠트리지 않으신 것이다.

당연히 비싸도 마다하지 않고 다 사 주신 교장 선생님이셨다. 장례식에 모인 조문객들은 교장 선생님 살아생전에, 제자 자신이 팔려고 내놓은 손수건 한 장이라도 사 주신 그 은혜를 잘 느꼈던 제자나 가족들일 것이다.

세상을 혼란스럽게 만드는 건
바로 자신이다

많은 사람들이 세상이 어지러워진 이유를 다른 사람에게서 찾는다. 나 역시 그런 사람에 속한다. 하지만 그 다른 사람이 볼 때 나는 누구일까? 바로 이 세상을 어지럽게 만든 또 다른 사람 중의 한 명이다.

그래서 세상은 망원경으로 보고 자신은 현미경으로 보라고 한다. 현미경으로 자세히 들여다볼 것은 자신뿐이다. 세상은 망원경으로 보면 된다. 그렇게 자신에게는 철저하되, 세상에는 조금 더 관대해지는 것이 우리 삶에 필요하다. 그것이 뒤바뀌는 순간, 세상은 혼란스러워진다.

지기추상 대인춘풍(持己秋霜 待人春風)을 되새겨 보자.

자신의 몸가짐은 가을날의 서릿발처럼 엄격하게,
다른 사람을 대할 때는 봄날의 바람처럼 부드럽게

또한 남에 대한 의견, 다른 사안에 대한 의견은 조심해야 한다. 의견을 내는 게 나쁜 게 아니라, 참다가 대들듯 말하는 공격 성향이 문제이다. 언제나 자신이 평정 상태에서 상대에게 자신이 원하는 것을 진솔하게 그리고 차근차근 전함으로써 마음이 불편하지 않게 만들어야 한다.

하늘이 얻은 가장 아름다운 천사
- 오드리 햅번 이야기

영화 〈로마의 휴일〉은 청순 발랄한 새로운 여배우를 탄생시켰다. 그녀는 세상에서 아름다운 여배우로 기억되기도 한다. 하지만 단지 스타다운 아름다움 때문에 그녀를 기억하는 것은 아니다. 사회를 향한 그녀의 섬김 활동이 그녀를 더욱 아름다운 천사로 만들었다.

그녀는 어린 시절 나치 통치하에서 크나큰 고통 속에서 살았지만, 성공한 이후에는 세계 곳곳의 어린이들의 기아와 질병을 해결키 위한 봉사 활동에 적극 나서며, 유니세프의 친선대사로 활약하기도 했다.

세계 어려운 곳을 수도 없이 누비다가, 소말리아에서 봉사 활동을 하던 중에 대장암 말기 판정을 받게 된다. 그녀의 사망 소식이 전해지자 절친이었던 엘리자베스 테일러는 "하늘이 가장 아름다운 천사를 얻게 되었다."고 말했다고 한다.

다음은 오드리 햅번이 숨을 거두기 일 년 전 크리스마스 이브에 아들에게 해 준 말로 유명하다.

"아름다운 입술을 가지고 싶으면 친절한 말을 하라.
사랑스런 눈을 갖고 싶으면 사람들의 좋은 면만 보라.
날씬한 몸매를 원하면 네 음식을 배고픈 사람과 나누어라.
네가 더 나이가 들면 손이 두 개라는 걸 발견하게 된다. 한
손은 너 자신을 돕는 손이고, 다른 한 손은 다른 사람을 돕는
손이다."

내가 중시하는

가족 사랑 가족 감사

활동의 흔적입니다.

독자분들도 한번 도전해 보시길….

어렵게 생각하면 어렵습니다.

쉽게 지나온 일 중에서 감사하다, 고맙다

생각한 것이 있으면 적어 보세요.

굳이 100개를 채우지 않으셔도 됩니다.

글자나 문맥이 틀려도 상관없습니다.

감사했던 기억을 되살려 표현해 내는 것이

100감사 작성의 목표니까요.

가족들 함께 모여서 같이….

'귀콩그룹'의 연유
- "사랑해"란 알림음으로 세상에 사랑을 나누는

유치하지만 사랑 넘치는 우리 가족을 지칭하는 이름 '귀콩그룹'을 소개한다. 옛말에 어릴 적에는 귀한 애일수록 이름을 좀 흔하게 부르도록 했다고 한다. 우리 애들이 태어나서 이름을 지었는데 그냥 이름대로 부르기보단 보다 정감 넘치고, 교감이 갈 이름을 지어 불렀었다. 딸아이는 지영이라 '지똥'이라 부르며 다 같이 웃고, 아들은 현욱인데 돌처럼 단단하게 자라라고 '돌콩'이라 불렀었다.

어느 날 스마트 폰이 등장하고 SNS 물결 속에 우리의 단톡방도 필요했다. 애들이 의견을 내고 몇 번 불러 보다 괜찮은 이름을 찾기 시작했다. 지영이는 '지콩'으로 현욱이는 '돌콩'으로, 아내는 애들에게 공주처럼 보였는지 귀한 분이라고 '귀콩'이라 이름을 얻었고, 마지막으로 나의 이름을 두고 고민을 했단다.

내 이름은 내가 '울콩'이라고 지었다. 작명 이유는 울콩은 맛도 맛이지만, 울타리에 심어져 울타리콩이라는 느낌도 있기에 우리 가정을 든든히 지키고 보호하는 울타리로 자리매김하고 싶었다.

그래서 일단 우리 가족은 '콩'가족이 되긴 했는데, 다만 우리 가정의 단톡방 대표명은 아내의 이름을 따서 '귀콩그룹'으로 명명했다. 귀한 가족이라는 의미까지 내포했으니 만장일치이다.

첫째 손자 윤우가 태어났는데, 이 녀석이 까꿍, 에꿍 또는 에콩 소리를 잘 내기에 이 녀석에게 '에콩'이라는 콩가족 작위를 부여했다.

그리고 이 단톡방의 알림을 '사랑해'로 해 놓으니 어디서든 카톡이 오고 갈 적에 '사랑해'가 따라다닌다. 많이 궁금해하는 친구들에게 가족 사랑의 단면을 자연스레 소개하는 계기도 되었다.

아직 스마트폰 조작이 불가능한 손자 두 녀석이 남았다. 무슨 '콩'으로 작위를 부여할까? 초등학교 입학 전에 해결해야 하는데, 참 행복한 고민이다.

가정이 행복해야 회사 일 즐거워져

인터뷰 / 포스코켐텍 이종덕 상임감사

▲ 이종덕 포스코켐텍 상임감사는 "감사는 인간 생활의 근원이며 행복의 시작"이라며 "행복하고 싶다면 가족에게 감사하라"고 말했다.

경북 포항에 위치한 포스코켐텍. 포스코 계열사인 이 회사는 국내에서 감사 나눔 활동이 가장 활발한 기업이다. 지난달 6일 기업윤리 등 사내 감사(監査) 업무 관리자이면서 감사 나눔을 적극 실천하는 이종덕 포스코켐텍 상임감사를 만났다.

"어서 오세요"하며 반갑게 인사하는 그의 얼굴에 밝은 웃음이 가득했다. 이종덕 상임감사와 회사 및 가정의 감사 이야기를 나

넜다.

– 포스코켐텍은 감사 나눔을 어떻게 실천하는지.

감사어플 ETP(Easy Thanks Planet)를 활용해 매일 직원들에게 감사 편지 및 댓글을 통한 칭찬 활동을 하고 있다. 상임감사라는 나의 직책상 직원들이 나와의 소통을 힘들어할 수 있다.

직원들 생각을 알고 어려움을 해소해 주는 방법이 없을까 고민했었다. 예전 협력회사 대표로 있을 때의 경험이 생각났다. 그때 경영진과 직원과의 소통이 되지 않아 답답하던 중 우연히 감사 나눔 온라인 게시판에서 직원들 고민과 생각을 읽을 수 있었다.

이후 직원들과 소소한 일상을 공유하다 보니 서로 마음이 열렸다. 그 경험을 토대로 이곳에서 매일 감사 어플을 통한 댓글로 직원들과 대화하고, 매주 한 편의 메시지가 담긴 글을 올리며 직원들의 생각을 읽는다. 그러다 보니 직원들과 쉽게 대화가 이어지고 소통이 되더라.

– 회사에서는 잘해도 가정에는 그렇지 못한 경우가 있다.

결혼 30년으로 아내와 1남 1녀를 두고 있다. 가정에서는 감사

및 애정 표현을 자주 한다. 결혼 후 지금까지 아내에게 매일 포옹, 뽀뽀 등 스킨십과 함께 '사랑해', '고마워'라고 말한다. 경남 진주에 홀로 계시는 어머니께는 100감사 편지를 쓰는가 하면 자주 안부 전화를 드린다. 아들이 전화를 하면 오래 붙잡고 이야기하면 좋을 텐데, 당신은 평생 고생과 인내로 살아오신 분이라 "괜찮다, 걱정 말고 바쁜데 빨리 끊어라."고만 하신다. 어머니를 생각하면 항상 마음이 아프다.

딸에게 100감사 편지를 써 줬더니 지난해 결혼식에서 신부 대기실에 아빠의 100감사 편지를 전시해 놓았더라. 딸은 이를 "아버지가 물려주신 보물로 간직하겠다."고 했다.

아내가 감동받아 나와 회사에 100감사 편지를 쓰기도 했다. 우리 가족은 감사와 애정 표현으로 행복을 느낀다.

– 감사 나눔 활동으로 회사가 어떻게 달라졌나.

우리 회사는 18년 연속 임금을 무교섭으로 타결했다. 포스코 계열사 중 기업윤리실천 최우수 회사이다. 또 지난해 '한국윤리경영대상'을 수상했다. 이러한 밑바탕에는 무엇보다 감사 나눔 영향이 크다.

감사로 마음이 열린 직원들이 외부나 공개적인 민원이 제기되기 전에 먼저 상담을 청해 주니 감사(監査) 업무가 따뜻하고 솔루션 위주로 이루어지고 있다. 또 직원들의 높은 행복지수가 애사심으로 이어져 업무 성과 달성을 통한 회사 발전까지 기여하고 있다. 감사 나눔 활동이 기업문화를 변하게 했다.

- *최근에 가장 감사한 사람은 누구인가.*

인생을 살면서 감사한 사람이 너무 많은데…. 그래도 최근에 감사함을 많이 느낀 한 사람을 말하라면 나의 아들이다. 그동안 아들에 대한 걱정이 많았다. 유약한 성품으로 험한 세상을 헤쳐 나갈 수 있을까, 불확실한 미래에 확실한 진로를 선택할 수 있을까 하는 여러 가지 우려로 아들을 지켜봤다. 그런데 최근 아들이 대학원 입학으로 자신의 진로를 결정해 무척 기뻤다. 이제는 아버지 회사와 업무에 대한 조언도 해 주는 데다 신뢰까지 보여 주고 있다. 다정하고 든든한 아들이다.

- *자신이 생각하는 감사의 의미는.*

감사는 인간 생활의 근원이며 행복의 시작이라 할 수 있다. 행복한 가정과 일터를 위해 항상 맨 밑에 깔려 있어야 할 '기제'이기도 하다. 기업도 마찬가지다. 업무적으로 감시하거나 지적하는 감사(監査)가 아닌, 배려하고 소통하는 '감사(感謝)'에 초점을 맞추면 회사는 즐거운 일터이다.

고슴도치 가족의 감사 스토리

아내의 독후감

『100감사로 행복해진 지미 이야기』를 읽은 아내가 저에게 독후감을 제출했습니다. 그리고 100감사도 쓰겠답니다. 매우 유치한 내용입니다. 아내는 공개하지 말라고 난리입니다. 그러나 저는 여러분께 유치한 독후감과 100감사를 공개합니다.

제가 왜 이렇게 유치한 일을 하는지 여러분은 잘 알 것입니다. 가족 사랑은 상호 감사를 통하여 더 확실히 피어납니다. 저와 같이 가족에게 100감사 도전해 보시지 않을래요?

너무나 감동적인 책이었습니다. 어떤 책보다 읽기가 쉬웠지만, 오히려 가슴과 머리에 남는 것은 너무도 많은 그런 책입니다. 우리 딸 지영이와 아들 현욱이에게도 꼭 읽도록 해야겠습니다.

감사보다는 불평이 더 많았던 지난 세월을 생각해 보면 너무나 힘든 삶을 살아온 것 같아요. 당신이 선물로 준 이 책 너무나 큰 선물이었어요. 내 인생이 바뀔 수도 있는….

"늘 범사에 감사하라"는 성경 구절을 읽으면서도 실천하지 못했던 어제까지를 반성하며, 새로운 감사의 길로 들어섭니다. 이 책을 통하여 감사의 힘을 가르쳐 준 당신, 사랑해요.

우리 회사도 감사 나눔 운동을 전개함을 잘 압니다. 회사를 위한 운동이 아니고 바로 자기 자신을 위한 운동임을 이 책을 통하여 느낍니다. 이 운동은 오늘 이 시간 우리 세대를 지나, 대대손손 이어져야 할 운동입니다.

책을 다 읽은 김에 가장 사랑하면서도 때론 갈등의 대상이었던 당신에게 100감사 편지를 적어 봅니다. 하루 만에 성공할지 자신은 못하지만 조금씩 채워 볼게요.

당신을 향한 아내의 100감사

1. 먼저, 모든 것이 부족한 나와 결혼해 줘서 감사합니다.
2. 근 30년을 변함없이 사랑해 줘서 감사합니다.
3. 출근할 때 빠지지 않고 뽀뽀해 줘서 감사합니다.
4. 공주와 왕자 순서대로 낳게 서로 마음이 잘 맞아서 감사합니다.
5. 지금까지 돈을 벌어 와서 집안 이끌어 줘서 감사합니다.
6. 밤에도 항상 옆자리에서 손을 꼭 잡아 주셔서 감사합니다.

7. 웬만하면 화내지 않아서 감사합니다.

8. 솜씨 없는 음식 잘 먹어 주어서 감사합니다.

9. 지금까지 크게 아프지 않아, 마누라 걱정하지 않게 해 주
    셔서 감사합니다.

10. 같이 신앙생활 지켜 주셔서 감사합니다.

11. 때론 같이 영화 관람도 해 주셔서 감사합니다.

12. 당신이 쓰던 차를 쉽게 넘겨주셔서 감사합니다. 덕분에
    활기찬 생활을 합니다.

13. 멀리 갈 때, 힘들 텐데도 나에게는 운전을 시키지 않고
    당신이 다 책임져 주셔서 감사합니다.

14. 내가 끓인 커피 무엇보다 맛있다고 칭찬해 주셔서 감사
    합니다.

15. 어딜 가든 나를 위해 사진 잘 찍어 줘서 감사합니다.

16. 아이들에게 든든한 버팀목 역할을 해 주셔서 감사합니다.

17. 회사를 책임지는 리더로서의 역할을 잘 수행해 주셔서
    감사합니다. 나도 더욱 겸손하며 회사와 직원분들을 위
    해 기도할게요.

18. 항상 나를 제일 예쁜 사람이라며 사랑해 주셔서 감사합
    니다.

19. 자주 이름을 불러 주어 나의 인생을 느낄 수 있게 해 주
    셔서 감사합니다.

20. 아이들에게 용돈을 내가 줄 수 있도록 배려해 주셔서 감

사합니다.

21. 늘 부모님 사랑하는 모습을 보여 줘서 내가 본받게 해 줘서 감사합니다.

22. 형제들에게 아낌없는 사랑과 배려를 보내 줘서 감사합니다.

23. 친정 부모님께 전화를 자주 드려서 감사합니다.

24. 아이들이 올바르게 성장하도록 솔선하는 모습 보여 줘서 감사합니다.

25. 아이들에게 엄하지만은 않고 자상한 모습까지 보여 줘서 감사합니다. 애들이 아빠에게 많은 것을 배운답니다.

26. 서울에서 어려운 공연 티켓을 아이들을 위해 구해 줘서 감사합니다.

27. 주일을 잘 지켜 같이 교회에 잘 나가 줘서 감사합니다.

28. 늘 교만하지 않고 겸손하여 남에게 당신이 존경받는 것 같아 감사합니다.

29. 선글라스와 가방을 같이 사 줘서 너무 감사합니다. 덕분에 나도 기분 좀 냅니다.

30. 재미있는 얘기를 자주 해 줘서, 웃겨 줘서 감사합니다.

31. 잔소리를 하지 않아서 감사합니다.

32. 술, 담배를 하지 않아서 감사합니다. 옛날에 담배 많이 피울 때는 정말 힘들었어요.

33. 때로는 늦을 때도 있지만, 꼭 집에는 들어와 줘서 감사합

니다.

34. 최근에 목 부분이 많이 아픈데, 매일 상태를 물어봐 주고
    안마해 줘서 감사합니다.

35. 잠자리에서 일어나면 항상 잘 잤느냐고 물어봐 줘서 너
    무 감사합니다.

36. 언제나 칭찬을 먼저 해 줘서 감사합니다.

37. 내가 이야기할 때는 잘 들어 줘서 감사합니다.

38. 『100감사로 행복해진 지미 이야기』를 읽게 해 줘서 감사
    합니다.

39. 100감사가 뭔지, 왜 중요한지를 알게 해 줘서 감사합니다.

40. 회사와 직원들을 위해 항상 기도할 수 있게 해 줘서 감
    사합니다.

41. 직원 중 개인적인 고충을 알면 꼭 그 직원을 위해 기도
    해 달라고 합니다. 남을 위해 기도할 기회를 줘서 감사
    합니다.

42. 기도 후에 그 직원의 건강이 많이 좋아지셨다고 알려 주
    셔서 감사합니다. 나도 내 일처럼 기쁩니다.

43. 포스코에 입사한 후 지금까지 평생 파트너로 영위하신
    당신이기에 감사합니다.

44. 친구들이 좋은 사람으로 인식하는 노력을 해 주셔서 감
    사합니다.

45. 내가 쓰는 돈에 대해 따지지 않아서 감사합니다.

46. 주말에는 "콧구멍에 바람 쏘여 준다"며 드라이브 시켜 줘서 감사합니다.

47. 옷 욕심 없고 자신을 위한 돈 투자 많이 하지 않아서 감사합니다.

48. 늘 자신을 낮춰서 하는 행동, 말에 감사합니다.

49. 자주 전화로 기분 물어 줘서 감사합니다.

50. 반찬 투정 없이 항상 맛있다고 잘 먹어 줘서 감사합니다.

51. 일주일에 한두 번은 밥 안 해도 되게 해 줘서 감사합니다.

52. 라면 끓여 먹은 후 설거지해 줘서 감사합니다.

53. 아침 식사 간단히 해 줘도 불평 없어서 감사합니다.

54. 운동을 잘하여 우리 편이 이기도록 해 줘서 감사합니다.

55. 아들이 아빠를 닮아 운동신경이 뛰어난 것에 감사합니다.

56. 아들딸의 심성이 아빠를 닮아 착한 것 같습니다. 감사합니다.

57. 남들처럼 술 취한 모습 보여 주지 않아서 감사합니다.

58. 항상 독서하는 모습 애들에게 보여 줘서 감사합니다.

59. 때론 유창한 글로 감동을 줘서 감사합니다

60. 같이 웃어 주고, 같이 슬퍼해 줘서 감사합니다.

61. 얼굴이 어렵지 않고 편안함을 느낄 수 있으며, 그래도 위엄은 위엄대로 갖춘 모습에 감사합니다.

62. 워낙 치아가 튼튼해서 비싼 치과 진료비 안 들어 감사합니다.

63. 회사 일도 집안일도 항상 적극적으로 해 줘서 감사합니다.

64. 지금까지 쉬지 않고 일해 주셔서 감사합니다.

65. 나 외에 다른 여자는 쳐다보지도 않는 당신, 감사합니다. 믿습니다.

66. 자주 싸우지 않아서 감사합니다. 적당한 싸움은 양념으로 칩니다.

67. 싸운 후에도 빨리 화해 분위기 만들어 줘서 감사합니다.

68. 결혼 때나 지금이나 변하지 않는 한결같은 마음에 감사합니다.

69. 같은 취미로 같이 있는 시간을 많이 가져 줘서 감사합니다.

70. 스포츠 용어, 규칙 몰라서 물어보면 잘 가르쳐 줘서 감사합니다.

71. 회사 125운동을 잘 창안하고 실천해서 감사합니다.

72. 돈을 헛되이 쓰지 않아서 감사합니다.

73. 십일조는 아직 미흡하지만 감사 헌금은 할 수 있게 해 줘서 감사합니다.

74. 부모님 공경하는 법을 실천으로 깨우쳐 줘서 감사합니다

75. 아들이 매일 전화하여 안부 묻는 생활하도록 만드신 것 감사합니다.

76. 시어머님이 1인자고 내가 2인자지만 당신의 모습에서 감사함을 느낍니다.

77. 허영심이 없고 검소한 생활에 감사합니다.

78. 무슨 일이든 최선을 다하는 모습을 보여 주셔서 감사합니다.

79. 지영, 현욱이를 믿음으로 지켜봐 줘서 감사합니다.

80. 우리 아이들을 다른 아이들과 비교하지 않고 인격체로 인정하고 키워 줘서 감사합니다.

81. 회사에서 힘든 일 있어도 집에 와서 표 내지 않아서 감사합니다.

82. 남의 애경사 철저히 챙겨 인간다운 도리 잘해 주셔서 감사합니다.

83. 지나칠 정도로 사랑한다는 말 자주 해 줘서 감사합니다. 믿을까, 말까.

84. 속옷 등 항상 직접 챙겨 입어서, 나를 귀찮게 하지 않아서 감사합니다.

85. 후배들 집에 데려다 식사 챙겨 주는 등 존경받는 선배로 남아서 감사합니다.

86. 광양에서 친구들과 놀러 가는 데 용돈 챙겨 줘서 정말 감사했습니다.

87. 옛날 친정 어머님 살아 계실 때, 놀러 가실 때 음료수 사 드시라고 봉투에 용돈 넣어 드리는 센스 감사합니다.

88. 돌아가신 친정 어머님 산소에 나보다 먼저 가자고 손 잡아끄는 당신 감사합니다.

89. 부모 형제들 오셨을 때 회비 있는데도 흔쾌히 개인 비용으

로 대접하시는 마음, 지나고 보니 감사하고 존경합니다.

90. 친정 언니들에게도 항상 정겹고 다정다감하게 대해 주어 감사합니다.

91. 늘 다른 사람을 배려해 주는 마음 감사합니다.

92. 시간 약속을 잘 지켜 줘서 감사합니다.

93. 집안일을 전적으로 도와주지는 않지만 가끔 노력해 주는 그 마음 감사해요.

94. 저녁 시간에 가끔 주변 산책을 같이해 줘서 감사합니다.

95. 어깨, 목 근육이 많이 아픈데 핸드백을 잘 들어 줘서 감사해요. 쑥스러울 텐데….

96. 지영이의 남자 친구를 애정 갖고 잘 봐줘서 감사해요.

97. 사회의 선배답게 종필이 얘기 잘 들어 주고 적절히 응대해 줘서 감사해요.

98. 멋 부리지 않고 소탈해서 감사해요.

99. 다림질 잘 못해 두 줄이 생겨도 새로운 패션이라고 잘 입어 주는 당신 감사합니다.

100. 지금까지 늘 변하지 않는 두 사람의 사랑으로 감싸 주며 이해해 주는 당신, 너무나 감사합니다. 때로는 연인으로 때로는 선생님처럼 이끌어 주신 당신, 감사합니다.

고슴도치 아빠의 100감사

아내는 저에게 100감사를 작성했고, 저는 어머님과 제 딸아이에게 각각 100감사를 작성했습니다. 이번에는 제 딸아이에 대한 고슴도치 아빠의100감사를 공개합니다. 유치한 이야기 읽어 보시고 집에서 한번 도전해 보세요.

참고로, 2013년 딸아이의 작은 결혼식을 진행할 때, 예식장인 포스코센터에 이 아빠의 100감사를 진열했었습니다. 하객들도 환한 미소와 함께 차근차근 읽어 보시더군요. 그리고 꽃 장식과 웨딩포토를 생략하여 절약한 비용은 약소하지만 불우이웃에게 전달하는 보람도 있었습니다.

딸과 사위는 이 고슴도치 아빠의 100감사 액자를 부모님이 주신 가장 귀한 선물로 여기며 집에 잘 보존하고 있습니다.

저의 감사 내용이 궁금하신 독자님들을 위해 전문을 공개합니다. 지금 보면 감사 내용도 중복되고, 적을 당시의 감동적인 가슴 떨림이 없을 수도 있습니다. 하지만 마음으로만 감사하다고 하지 마시고, 지속적인 행동이면 가장 좋겠지만, 말이나 글로 하셔도 꽤나 감동이 남습니다. 오랫동안 당신의 감사하는 마음을 남길 수 있답니다.

사랑하는 나의 딸 지영이에게!

1. 우선, 대견스럽고 자랑스럽다. 잘 성장하여 사회의 일원으로 역할을 성실히 수행하고 있음에 감사하단다.

2. 사랑하는 지영아! 너는 엄마와 아버지에게 하나님이 처음으로 주신 가장 보배로운 선물이었다.

3. 그리고 귀엽기는 어찌 그리 귀여웠던지(고슴도치 아빠ㅋㅋ) 예쁜 공주로 우리 집에 와 줘서 고맙다.

4. 동생 현욱이를 엄마 이상으로 사랑하고 보살펴 주는 네 마음이 고맙기 그지없단다.

5. 어린 시절, 갓 태어난 동생 때문에 너무 어린 나이에 선교원에 다니던 이야기를 담담히 해 주는 네 모습을 보면서(한마디로 동생에게 일찍 엄마 사랑을 넘겨준 것), 그런 현실을 다 이해하는 듯한 너의 어른스러움이 너무도 고맙구나.

6. 그 나이에 얼마나 엄마와 떨어지기 싫었을까? 울기는 얼마나 울었을까? 그 당시 사려 깊지 못했던 나와 엄마가 반성할 기회를 지금이라도 가져 보게 해 준 것도 고맙구나.

7. 얼굴을 보지 않고도 하루도 빠짐없이 이어지는 네 엄마와의 수다에도 고마움을 느낀다. 하루 종일 집을 지키는 엄마의 고충을 미리 다 아는 듯한 어른스러움에….

8. 간혹 집에 오면 그간 떨어져 있던 정을 다 찾으려는 듯, 내 등을 두드려 주고, 어깨를 안마하며, 귀 청소를 해 주는 가족 간의 사랑 노력을 해 주는 그 마음에 나는 마냥 고맙더구나.

9. 이제 곧 시집가겠다고 스스로 남자를 찾아서 부모의 큰 고생을 덜어 주어 고맙다.

10. 그리고 그 남자가 또한 부유하고 인물 잘난 남자가 아니고, 인간적인 성실함과 근면성을 갖춘 사람이기에 너의 그 안목에도 고맙게 생각한다.

11. 혹시 그런 남자를 선택함으로 부모가 부담할 경제적 지원 부분을 미리 줄이려는 노력에도 감사하단다,

12. 살아오는 28년 동안 너는 지독히도 아끼고 또 아끼는 생활이었다. 때론 아버지를 믿고 조금은 소비 성향을 보일 수도 있는 상황이었지만, 스스로 절감하는 네 모습이 감사하구나.

13. 엊그제 설 명절 때의 일이구나. 가정예배를 보자는 엄마의 제안을 흔쾌히 수용하고 우리 네 가족 무릎 맞대는 뜻깊은 시간을 만들게 해 주어 고맙구나. 이제 좀 더 신앙의 속으로 들어가겠구나 생각했단다.

14. 때론 네가 나와 네 엄마를 가르칠 정도로 성장했음을 느꼈다. 어른들의 용돈을 준비해 와 준 것도 감동이란다.

15. 할머니의 칭찬 대신 전하마, 너무 어른스럽다고. 사촌들

보다 더…!

16. 외가댁 할머니께도 그렇게 살갑게 대해서 칭찬이 대단하더구나, 네 엄마 이모들보다 더 낫다고.

17. 외할머니, 외할아버지 각각 봉투에 용돈을 드리는 센스는 우리 딸이지만 너무나 대견스러워!

18. 그리고 외할머니의 가족들도 만날 시간을 언제 가지냐면서 위로의 말을 해 준 너의 마음에 그 할머니가 감탄 또 감탄. 네가 더 어른이란다.

19. 현욱이 샤워하다가 샤워 부스 깨진 날, 너의 침착한 행동은 아버지를 감탄하게 만들었네. 고맙구나.

20. 그리고 다친 동생 보살펴 주는 네 모습에 감탄을 하지 않을 수가 없었다.

21. 생각해 보면 아버지가 미안한 일이 참 많구나. 서울 지역 대학이라고 찾아서 갈 때 곰팡이 핀 방 하나 잡아 주고 엄마랑 같이 돌아오며 둘이서 참 많이 울었다. 혼자서 잘 적응할까? 근데 오히려 더 성숙해져 있었다.

22. 너는 오히려 다른 집안 아이들과 너를 비교해 가면서 엄마 아빠를 자랑스럽고 존경해 주었거든. 너무 고맙지, 뭐!

23. 장학금 받은 돈 다 돌려주며 가정 경제 걱정을 해 주는 너의 대학 시절을 생각하면 참…. 하나님께 다시 감사.

24. 덕분에 그즈음 친구들에게 자랑하며 한턱 쏘기도 했는데, 고맙더구나. 이제 좀 더 세밀히 너에 대한 고마움을

하나씩 찾아볼게.

25. 어릴 적엔 꽤나 고집이 센 것 같고 남과 쉽사리 어울리기 어려울 것 같다는 성격이 좀 있었는데, 오히려 네가 많은 사람의 중심에서 포용하고 살아가는 모습이 감사함을 더해 주네.

26. 엄마가 잘 모르는 스마트폰 사용법을 그렇게도 잘 가르쳐서 이제는 나보다 엄마가 더 잘 사용하고 있으니 얼마나 고마운 일인고.

27. 거의 매일 네가 전해 주는 소식에 신선함을 느끼며 산단다. 고맙구나.

28. 스스로 직장에 적응하고 현실 감각을 익혀 가는 것에 고마움을 느낀다. 현 직장 오래도록 충성하며 감사함을 느끼거라.

29. 지난번 설 명절 짧은 휴식 시간임에도 인터넷 다 검색하여 엄마 아빠 필요한 정보 제공해 준 것 너무 고맙다.

30. 겨울이라 아버지 춥다고 특수 내복 사서 보내 준 것 너무 고맙다. 지금도 매일 입고 다닌다.

31. 그리고 할머니, 외할아버지 내복을 사 드린 것도 너무 고맙고, 항상 그분들 자랑하신단다.

32. 아버지가 다 갚지 못했지만 아파트 분양 시 구입대금 보태라고 보내 준 1,600만 원 아직도 고맙구나.

33. 거의 컴맹 수준인 나에게 싸이월드 사용법을 전수해 주

어 잘 활용하고 있단다. 딸 키운 보람을 느낀단다.

34. 예비 사위 김종필 군 우리 집에 스스럼없이 데리고 온 것 너무 고맙다.

35. 그리고 그 사람 역시 남에 대한 배려는 1인자 더구나. 엄마가 흠뻑 빠졌지. 잘 골라 와서 고맙다.

36. 결혼 일자, 상견례 일자 너희끼리 다 맞춰 주니 부모들은 참 편하구나, 고맙고도 고마우니….

37. 회사의 작은 결혼식 방침에 부응하여 검소한 방식으로 준비하고 있어서 고맙단다.

38. 딸이 나이가 들면 엄마랑 다툼도 많다는데 너는 엄마랑 그렇게 의지하고 지내는 모습이 너무 감사하단다.

39. 아버지가 보낸 문자에도 오늘도 신속히 응해 주어 너무 기쁘지. 그것도 너희들의 방식으로….

40. 어디를 가서 누구를 만나든 그분들이 너를 칭찬하여 주니 아비로서는 얼마나 기쁘겠니. 정말 보람이다.

41. 작은 것에 기뻐할 줄 알고, 감사를 느끼는 네 모습을 보면서 감사한단다.

42. 지난번 어린이재단과 세이브드칠드런 기부 활동을 도와줘서 고맙다. 근데 너 몰래 어린이재단에 두 계좌 더 신청했다. 미안.

43. 친구들과의 교감 정도를 자주 이야기해 주니 엄마 아버지도 네 수준으로 젊어진 기분을 느낀다. 고맙다.

44. 대학 생활 중에는 학생선교회 활동에 참여하여 많은 젊은이들과 생각을 교류하고 단체 생활에도 잘 적응하는 모습에 매우 고마웠단다.

45. 그리고 네가 언제 그렇게 컸는지…. 어느 날 방글라데시로 봉사 활동을 다녀오고, 그들의 어려움을 보고 국내 많은 생활을 새로운 관점에서 시작하는 모습의 발견은 아버지에게 많은 감동을 주었지.

46. 더욱 감사한 일은 그러한 활동을 일회성으로 그치지 않고 가정의 봉사로 전환하는 지속성을 가져 준 것이란다.

47. 또한 그동안 봉사 모임을 통하여 만난 많은 사람들을 생활 속의 고객으로 매번 관계를 유지해 가는 너의 사회적인 성숙함이 나를 더욱 감탄하게 하고.

48. 아버지가 갑작스럽게 기부의 맛에 대책 없이 빠질까 봐 현실을 감안한 적정선을 유도해 주는 너의 세심함에 한번 더 놀라고….

49. 드디어 2013년 1월 12일부로 우리 가족 수대로 어린이 돕기 회원에 가입한 결과를 이뤘다. 다 너의 덕분이란다.

50. 세이브더칠드런 1구좌, 어린이재단 3구좌로 우리 4식구 수대로 정했다. 종필 군도 합쳐지면 5명이 되는 셈이지. 그런 즐거움을 맛보게 해 주어서 고맙다.

51. 다행히 구좌 늘린 것을 동생 많이 늘어서 좋다고 애교로 넘기는 너의 마음에 감사하구나.

52. 아마도 네가 경제력을 좀 회복하면 너는 더 많은 애들을 돌보는 후원자가 될 것이라 믿는다.

53. 특히, 네가 선택한 종필 군은 더더욱 넓은 마음을 펼치겠지. 너의 이런 사람 보는 눈이 고맙고 감사하다.

54. 요즈음 아버지는 1차로는 3월 1일 상견례 날을 기다리는 설렘으로 회사 문제의 모든 어려움을 극복한단다. 힘이 되는 일을 네가 만들어 줘서 고맙다.

55. 또 좀 많이 남긴 했지만 10월 5일을 손꼽아 기다리고 있단다.

56. 특히 그날이 내 생일인데 큰 이벤트를 네가 열어 주는구나.

57. 모쪼록 너의 세밀한 신혼 준비가 기대되고, 오히려 감성을 앞세운 엄마보다 더 현실감으로 준비하는 네가 너무 대견하네.

58. 포스코신문 소식 먼저 보고 전해 줘서 고마워. 우리는 한 주씩 늦거든.

59. 오늘 지역협력유공중소기업인 포상받은 기사를 카톡으로 보내 줘서 고마워. 항상 아빠 일에 관심을 둔다는 증거지.

60. 아버지를 항상 존경하고 마치 성인처럼 인정해 주는 감사함은 눈물이 날 정도야. 근데 너무 아버지와 다른 분들을 특별하게 비교하려 하지 마라. 잘못하면 아버지에게 큰 실망을 할 수도.

61. 참 너의 장래 문제를 다른 분과 이야기하다가 혼인 계획이 전달되었는데, 비밀 못 지켜 줘서 미안하다. 근데 네가 그렇게 아버지에게 부탁을 하는 듯이 협조를 요청해 주니 너무 감사하단다. 혹시 예민한 반응일까 걱정했는데 나를 편하게 해 주어서….

62. 아림이 엄마가 너를 그토록 이쁘게 봐주고 또 정성을 쏟아 주시니, 그게 다 네가 잘해 온 결과이므로 너무 감사하단다.

63. 동생 졸업에 즈음하여 그렇게 배려하는 마음 보여 주어 너무 감사하구나. 동생도 매우 고마워 하고.

64. 지난번 종필이와 현욱이 양복에 셔츠까지 다 갖춰 주었는데 너무 고맙다. 누나 역할을 너무 잘해 줘서….

65. 너를 통하여 네 직장 선배들까지 엄마에게 소개되는데 그 친구들까지 우리 가족 같은 느낌이 들게 만들어 줘서 고맙게 생각한다. 엄마랑 간혹 농담으로 "우리 딸 은혜" 이러기도 하지.

66. 때론 할머니께 전화드려서 쓸쓸함을 위로하는 너의 마음 씀씀이에 너무 감사하단다.

67. 지금 생각해 보면 어릴 적 너는 엄마와 아빠의 소통의 수단이기도 했다. 너무 고맙단다.

68. 네 탄생으로 엄마와 아빠는 더욱 사랑을 다지는 계기가 되었다. 사랑의 열매일까?

69. 아빠와 엄마가 제대로 된 돌잔치 못 열어 주었지만 살짝 애교로만 표현해서 고맙고 미안하다.

70. 아마도 어린 시절의 사진이 그리 많지 않아 마음이 허전함에도 다른 분위기로 바꾸는 센스 있는 너의 배려에 감사하구나.

71. 그래도 지영아! 아빠가 확실히 기억하는 건, 너의 돌잔치 날, 잔칫상 위에 차려진 김치를 한 조각 손에 들고 방으로 뛰어가며 먹던 네 모습 아직도 기억한단다.

72. 그리고 그때 너는 이미 걷는 정도가 아니라 날아다니는 수준인 것 같았다.

73. 그야말로 돌잔치가 한바탕 웃음 잔치로 부모 형제들 모두 행복감을 더한 날이었어. 네 덕분이야.

74. 네 결혼식 사진은 많이 찍어서 오래도록 기념으로 남겨 두렴. 아버지에게 많이 보내 주면 더욱 감사하고.

75. 나중에 네 자식은 잘 키울 것이라는 믿음을 부모에게 심어 주니 또 고맙다.

76. 대학을 갈 즈음에 스스로 네가 판단하여 선택한 대학에 진학했는데, 학과와 지역적인 갈등을 스스로 잘 극복하여 학업을 마친 것에 고마움을 표한다.

77. 취업의 어려움을 극복하고 작지만 실속 있는 회사에서 근무하게 됨에 고맙구나.

78. 덕분에 간혹 딸로부터 받은 용돈 맛도 괜찮더라.

79. 때로는 자기 의견을 피력하고, 때로는 적당히 유연성을 발휘하는 모습들이 서서히 묻어남에 감사하다.

80. 세상을 슬기롭게 사는 지혜를 익혀 가는 모습이 보인다. 너무 고맙다, 걱정을 덜어 줘서.

81. 오늘 또 하루 너의 화사한 사진이 내 스마트 폰 화면에서 반겨 줘서 고맙다.

82. 매번 느끼는데 어쩌면 사진 찍을 때 그렇게 포즈를 잘 잡는지. 어색한 내 몸짓을 따르지 않아서 좋고.

83. 얼굴은 나를 닮았지만 너무 큰 얼굴이라고 불평하지 않아서 좋고, 오히려 아버지의 확실한 딸임을 자랑스럽게 생각해 줘서 고맙다.

84. 약간은 유아적인 네 목소리가 아버지를 진정 사랑하는 모습으로 비춰져서 좋고.

85. 엄마보다 많은 시간을 갖지 못한 아빠의 현실이지만, 세상에서 가장 가까운 딸과 아버지로 자리매김되어서 고맙단다.

86. 간혹 싸이월드를 이용할 때면, 네가 만들어 세세히 설명해 주던 그 당시가 회상되어 너무 좋다.

87. 힘들 것만 같은 서울 생활에 어쩌면 그렇게도 잘 적응하고 서울 태생보다 더 서울 사람답게 살아가는지, 대견스럽다.

88. 근데 "쩌기, 쌧물" 요런 발음은 좀 고쳐야 한다고 스스로

자신을 돌아볼 줄 아는 모습이 고맙고….

89. 때론 세상의 불합리에 흥분하는 아버지의 말에 동참해
    주는 배려에 고맙단다.

90. 이제 3월 1일에는 너의 제2의 인생을 설계할 양가 가족
    들의 상견례 날이구나. 생각만 해도 가슴이 벅차구나.

91. 다른 이들은 딸을 보낼 섭섭함이 많다고들 하나, 난 섭
    섭함보다는 오히려 이 세상을 슬기롭고 행복하게 살아갈
    너희들의 모습이 기대되어 너무나 기다려진단다.

92. 아, 지난가을 포항에도 드디어 야구장이 생겼을 때, 즉시
    예매하여 엄마랑 아빠랑 구경 가게 해 준 것, 많은 친구
    들에게 자랑했지. 요게 딸 키운 보람이라고….

93. 네 자랑을 할라치면 네가 항상 하는 말 "고슴도치 아빠"
    라는 말이 생각난다. 그래, 난 고슴도치 맞아. 근데 넌
    사슴으로 보이거든. 아마 사슴이 봐도 사슴일 거야. 아빠
    가 아무래도 기억력이 좀 부족한가 봐. 너에게 감사한 일
    은 더 많은데 기억엔 한계가 왔어. 그래서 이제 제2의 인
    생을 설계할 시점에 참고했으면 해서 그 말로 100을 채
    우려고 한다. 잘 들어 줄 것이라 믿는다.

94. 먼저 옳은 말과 상황에 맞는 좋은 말을 적절히 구분하는
    지혜로 다른 가족과의 만남을 시작하거라. 아무리 정의
    롭고 논리적인 말이라도 상황에 따라서는 시비를 가리지
    않는 위로의 말보다도 못할 때가 있단다.

95. 곡칙전(曲則全)이란 말을 잘 기억했으면 한다. 적절히 유연함을 가진 자만이 온전할 수 있다는 말이란다.

96. 원수는 물에 새기고, 은혜는 바위에 새기라는 옛말을 기억하거라. 가족들 중에 무슨 일이 있을 때, 고통을 주거나 짜증을 나게 하는 행위는 바로 잊어버리고, 도움 주고 은혜를 베풀어 준 일만 기억하면 평생 원수 질 일이 없겠지.

97. 기소불욕 물시어인(己所不欲勿施於人)이라 하였으니, 내가 하기 싫은 일은 남에게 시키지 마라.

98. 대인춘풍 지기추상(待人春風 持己秋霜). 다른 사람에게는 봄바람처럼 부드럽게 하고, 자기 자신을 지키는 데에는 가을날의 서리처럼 칼같이 하라.

99. 삼인행 필유아사(三人行 必有我師). 세 사람이 있으면 반드시 나의 스승이 한 명쯤 있단다.

100. 그리고, 딸아! 누구보다도 사랑하는 내 딸아! 사랑한다. 사랑한다.